魔法国屈指の名門貴族である
リュミオール伯爵家の五女として生まれ
神童と崇められたミーティア・リュミオール
しかし八歳のころ
生活魔法以外の適性がないことがわかり
一族の恥として暗い地下書庫に幽閉される
二
彼
辺境
過ごしたのちに
って
に追放されてしまう——
んなの関係ない!!
つらい時も

華麗なる悪女(自称)
ミーティア・リュミオール

華麗なる悪女になりたいわ！
～愛され転生少女は、楽しい二度目の人生を送ります～
葉月秋水
SHUSUI HAZUKI
［ILL.］
転

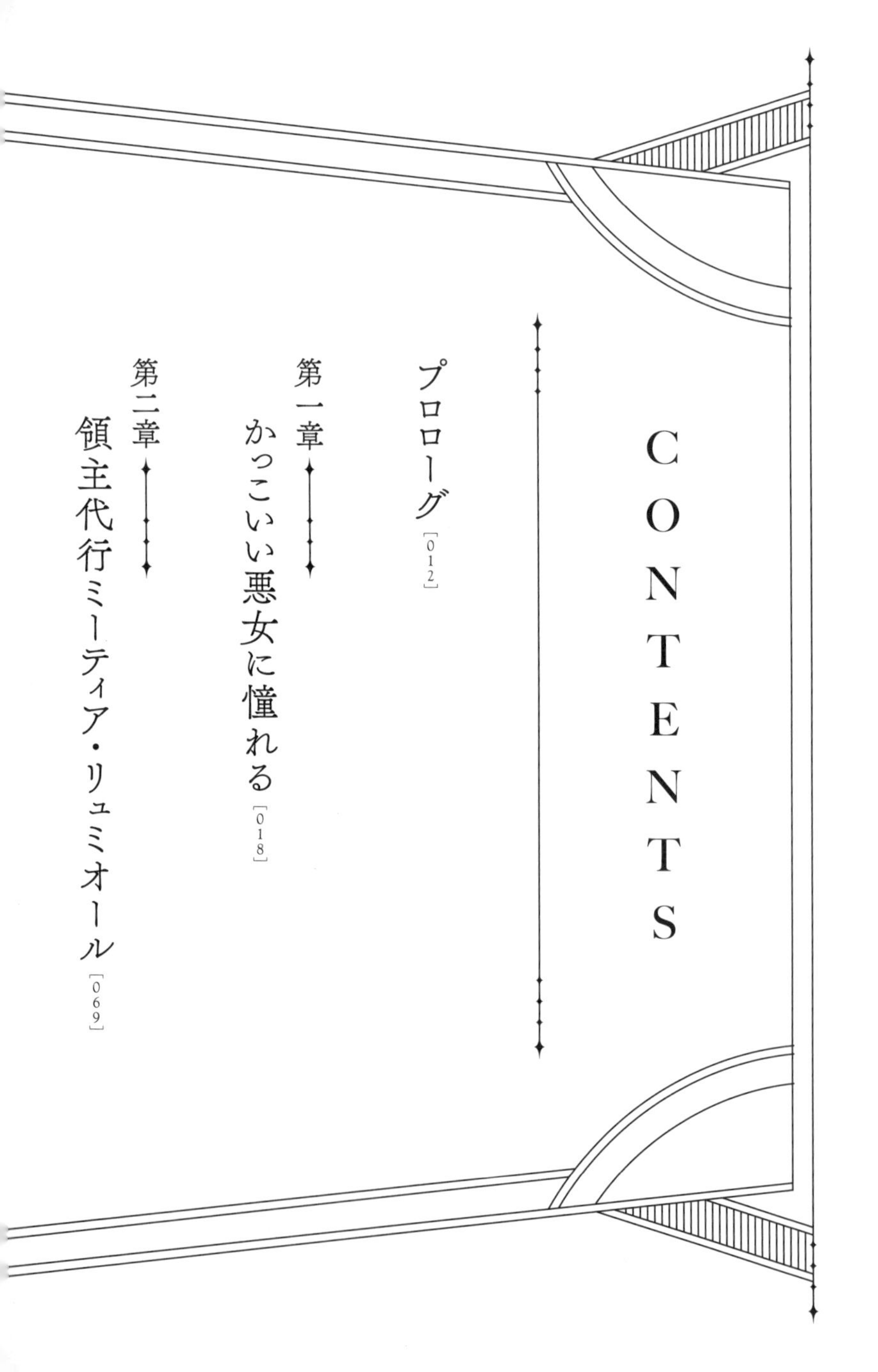

CONTENTS

「そうやって何人の政治家を罠にはめたんですか？」
「今までに食べたビスケットの枚数なんて覚えていないでしょう？」

――エトワール・フィラント著

『限りなく純粋に近いルージュ』より

プロローグ

「生活魔法以外の適性がまったくない。わかるか。お前は私の顔に泥を塗った。リュミオール伯爵家の名を汚したんだ」

お父様は冷たい声で私に言った。

八歳の誕生日、魔法適性を鑑定された直後のことだった。

大陸で最も進んだ魔法技術を持ち、繁栄を謳歌する魔法国エルミア。

その貴族社会において、子供の魔法適性はその子の将来を大きく左右する。

人生を決定するとさえ言ってもいい。

学歴、財力、知能、品性、運動能力、容姿といったこと以上に、どういう魔法を使えるかがその人物の優秀さを評価する指標とされているからだ。

『魔術師としての資質がすべてを決定する』

この国を建国した魔導王の掲げた、魔術師が暮らしやすい国という理念は、数百年の時を経て歪んだものになってしまっていた。

貴族たちは家名を守るために、優れた魔法適性を持つ子供を作ることに執心した。

血統こそが人間の価値になった。

魔法適性に欠ける人間は生きる価値がないと罵倒され、陰口を叩かれる。

そんなこの国において、最も価値が低いとされているのが生活魔法だった。

庶民でもほとんどの者が適性を持つこの魔法は、他の魔法に比べてはるかに価値が低い。

生活魔法以外の適性を持たないというのは、魔法の才能が絶望的にないということを示していた。

「誇り高き魔法国の貴族家から、通常魔法の適性をまったく持たない者が生まれたなんて話は聞いたことがない。末代までの恥になる。この事実は絶対に隠さなければならない」

淡々とした声。

凍り付く背筋。

子供の私から見上げるお父様は、大きな別の生き物のように見える。

「子供が親に恥をかかせるなんてことは、あってはならない。役立たずの出来損ないめ。お前にはここで消えてもらう」

冷え切った目が私を捉える。

それはひとつの現実を伝えている。

『お前なんて生まれなければよかったのに』

誰かに必要とされる私になりたかったのに。

今度はこんな思いをせずに済む私になろうとがんばってきたのに。

視界が涙でにじむ。

私は、いったいどうすれば――

「お待ちください！」

響いたのはお母様の声だった。

抱きすくめられる。

気がつくと腕の中にいる。

薄雪草の香りがした。

お母様の手は冷たくて、だけどそこには不思議なくらいにあたたかい何かがあった。

「ミーティアには兄弟で最も高い魔力と、八歳とは思えない人並み外れた知性があります。通常魔法が使えなくても、その才能が活かせる場所は必ずあるはずです」

お父様は感情のない目でお母様を見た。

「生活魔法以外一切の魔法が使えないんだぞ。リュミオール家にとっては恥以外の何物でもない。存在するだけで、家名が傷つく」

「この子はきっと将来たくさんの人の役に立てます。どうしてもやるというなら、私から先にやってください。どうか、どうかお慈悲を」

お母様はそれから一日中、私をつきっきりで守ってくれた。

剣を持った兵長を前にしても、私をぎゅっと抱きしめて離さなかった。

粘り強い説得によって、私は消されずに済むことになった。

お母様は病弱だったけれど、家族の中で最も優れた魔法適性を持っていたからお父様も無視はできなかったのだ。

「ごめんね、ミーティア。お父様が絶対に外に出してはいけないって言うの。だからこんなところしか用意できなくて」

先々代の当主が使っていた地下書庫だった。

お母様はたくさん本を持ってきて私が快適に過ごせるようにしてくれた。

二年間続いた幽閉生活。

状況が変わったのは、私が十歳になってすぐのことだった。

お母様が病で倒れ、この世界から旅立ってしまったのだ。

お父様は私を家から追い出し、伯爵家が所有する辺境の領地――リネージュの地に送ることを決めた。

名目上は領主代行として。

その本当の狙いは、領地経営に失敗し荒廃したこの地を見捨てていないという体裁作りだった。

何の産業もなく、農地としての生産性にも乏しい。

何より致命的だったのは、この地の人々が魔法の適性を持たない者ばかりだったことだ。

繁栄を謳歌する魔法国の闇。

魔法が使えない劣った人々の住む土地として、リネージュは常軌を逸した圧政に苦しむことになった。

極端な重税によって領民たちは貧困にあえぎ、治安は悪化の一途を辿った。

その上、今は劣悪な栄養状態から伝染病が蔓延（まんえん）していると言う。

前領主である三番目の兄を含め、貴族たちはみんなリネージュから既に逃げ出したそうだ。

間違いなく、魔法国で今最も危険な場所。

「暴徒に襲われても、伝染病で死んでもいい。自然で同情を引く死に方。お前に求めているのはそれだけだ。リュミオール家の娘として、私の役に立て」

お父様はそんな風に言っていたけれど、出立する私の胸の中にあったのは喜びと大きな希望だった。

（どれだけこのときを待っていたか。準備はやりすぎるくらいにしてきたわ。新しい土地で、私はなりたい自分になる。誰にも縛られず、自由にしたいことをして暮らすの。そして、夢を叶えてみせる）

大きな空を見上げて、拳を握りしめた。

（世界一強くてかっこいい悪女になるのよ！）

第一章 ✦ かっこいい悪女に憧れる

内緒にしていたけれど、私――ミーティア・リュミオールには前世の記憶がある。

夢のようにおぼろげで曖昧な記憶の中で、私は田舎の没落した貴族家の娘だった。

『貴方は良い子だから私の言うことが聞ける。そうよね』

前世の両親は私を思い通りに動かそうとする人だった。

『由緒正しい家柄の方と結婚するの。それが貴方にとって一番の幸せなのよ』

物心つく前から、私は両親が望む良い子として、淑女としての嗜(たしな)みと社交儀礼を学ぶことを強制された。

自分の意思を言葉にすることは許されなかった。

好きだった小説は『時間の無駄』だと捨てられた。

『貴方はママの夢なの。ママが叶えられなかった夢を全部叶えて、誰よりも幸せな人生を送らないといけないの』

毎日のように家柄が不釣り合いな上流階級の舞踏会に連れて行かれた。

きらびやかな世界で私はいつも浮いていた。
何年前のものかわからない安物のドレス。
向けられるのは『なんであんな家の子がここに』という冷たい視線。
声をかけてくれる人はいなかった。
誰と話すことも踊ることもできなかった。
たくさん人がいるのに一人でいるときよりもひとりぼっちだった。
『どうしてあの子みたいにできないの』と母は私を責めた。
選ばれない私は、誰かに必要としてほしくて、褒められたくて。
母が望む良い子になろうとがんばって。
だけど、全然うまくできなくて。
心が潰れそうになったとき、救ってくれたのは本の世界だった。
隠れて小説を読みながら、そこに書かれた物語に元気をもらう。
本は私にとって秘密の隠れ場所だった。
現実のつらいことや悲しいことを忘れさせてくれる素敵な場所。
栞を挟んで本を閉じるたび、ぎゅっと抱きしめて香ばしい匂いを嗅ぐ。
『もしもこのお話の世界に私が入ったら』って妄想して頬をゆるませたり。
中でも私が一番強く憧れたのが、大好きな小説のかっこいい悪女様。

気高く聡明で敵対者には容赦しない。
でも、身内には誰よりも優しくて。
社会の規範に縛られず、自由にわがままに自分の意志を通そうとする。
他の人にどう思われるかなんてまるで気にしない。
どんな状況でも自分を貫く芯の強さ。
空気を読んで、両親の顔色をうかがってばかりの私とはまったく違う。
凜とした姿勢とかっこいい心のあり方に、私は強く惹かれていた。
いつかあんな風になりたいなって思って。
だけど、いろいろと現実的なことを考えて先送りにして。
そのまま何もできずに終わったのが私の人生だった。
舞踏会の途中で地震が起きて、私の人生は唐突に終わった。
薄れゆく意識の中で最後に感じたのは強い後悔。
なんで良い子として生きることを選んでしまったのだろう。
我慢してしまったのだろう。
もっと自由に生きればよかった。
もっとしたいことをすればよかった。
もっと自分の気持ちに正直に生きればよかった。

（ああ、これで終わりか……）

薄れゆく意識の中。

もしもう一度生まれ変わることができたら、今度は自分の気持ちに正直に生きようって。

そんなことを思ったんだ。

◇　◇　◇

最初に前世の記憶を思いだしたとき、私は五歳だった。

大きな驚きの後、待っていたのは胸いっぱいの喜び。

そのときの私がどれだけうれしかったか、きっと他の人にはわからないと思う。

自由に生きられる新しい人生。

今度は我慢なんて絶対しない。

私は行きたいところに行き、食べたいものを食べて、ずっとやりたかったことをして過ごすのだ。

やりたいことってなんだろうと考えた。

答えはすぐに出た。

（前世で大好きだった小説の最高にかっこいい悪女様。規範や常識に縛られず、志が高くてきれい事が嫌い。そして、決してぶれない自分を持っている。ずっと憧れていたあの人みたいになりた

い）

私は悪女になった自分を想像した。

優雅に紅茶を飲みながら悪巧みし、敵対者を華麗に罠にはめて、貴族社会を陰から支配するのだ。

（かっこいい……かっこよすぎるぞ、私……！）

興奮しすぎて鼻血が出てしまった。

いけない。

華麗なる悪女になるために、どんなときもクールにかっこよく振る舞わなければ。

私は優雅かつスタイリッシュに鼻血を拭いてから、夢を叶えるための現実的な方法を考えた。

しかし、これがなかなか簡単なことではない。

私は甘やかされて育った貴族家の子供でしかなかったし、魔法国において女性の社会的地位は周辺国に比べても低かった。

「良い魔法適性を持つ血統の子供を育てるための産む機械」なんて口にする人さえいるくらい。

そんな国の中で、自分の意志を貫く悪女になるというのは多分すごく難しい。

だけど、あきらめるという選択肢はなかった。

だってどんなに難しい状況でも、決して動揺せずクールに立ち向かうのが私が憧れる悪女だから。

（逆境なんてむしろ燃えるわ。ここから、私がかっこいい悪女になる物語が始まるのよ）

私は、理想の自分になるために猛勉強を開始した。

元々好きだった魔法の勉強に加えて、帝王学に領地経営学、法学、薬学、魔法生物学、統計学、心理学、悪女と呼ばれた人の伝記、悪女が描かれた小説、かっこいいポーズと演技の仕方……どんなことでも役に立ちそうだと思ったら全力で頭にたたき込んだ。

周囲は人が変わったように勉強を始めた私に驚いたり、心配したりした。

だけど、どんなに止められても絶対にやめなかった。

私は今、ずっとなりたかった憧れの悪女に向け着実に歩みを進めているのだ。

（それから、強くてかっこいい悪女になるには、周囲の人を従わせる圧倒的カリスマが必要ね）

私は上に立つ者としての振る舞いや、人を動かすための会話術を勉強した。

（人を動かすには批判せず褒めることが大切。相手に心から興味を持つことと、相手の利益を考えて満たしてあげることも重要と。なるほど、深いわ）

早速周囲の侍女たちに実践した。

未来の悪女が持つ圧倒的カリスマに侍女たちは恐れおののいているようだ。

（五歳で大人を従わせてしまうなんて、もしかして天才なのかしら！）

私は予想以上の成果に胸を弾ませずにはいられなかった。

（ふっふっふ。計画は着実に進行している）

鏡の前で悪女っぽいポーズの練習をしながら、私は口角を上げた。

五歳の中頃になるまで、ミーティア・リュミオールはわがままで性格の悪い子供として侍女たちの間で知られていた。

『こんな出来損ない食べられないわ！　全然美味しくないもの！』

甘やかされて育つ貴族の子供らしい、奔放で相手の気持ちを考えない態度。

諫(いさ)めてくれる者は誰もいない。

周囲の大人達はそれが普通のことだと思っているようだったし、侍女たちの苦しみは彼らの視界に入ってさえいないようだった。

（この国の貴族は、平民なんて虐げられて当然だと思っているのが普通だから……）

平民出身の侍女にとって、魔法国貴族の家で働くのは地獄の中にいることに似ている。

『そんな簡単なこともできないのか』

日常的に繰り返される貴族たちからの罵倒と暴力。

劣悪な職場環境。

泣きたくなるような理不尽な出来事の数々。

しかし、そんな日々の中で思いがけないことが起きた。

ある日を境にミーティアは別人のように変わったのだ。

子供とは思えない落ち着きと言葉遣い。

大人が読む難しい本を貪るように読み、自分の意思で一日中勉強を続ける。

何より、一番大きく変わったのは周囲の人に対する接し方だった。

一挙手一投足を見逃さず、小さなことでも感謝の言葉を伝えてくれる。

良いところを見つけて褒めてくれ、失敗してもまったく怒らなかった。

欲しいものの話をすると、買って来てプレゼントとして渡してくれた。

「私のためにいつも働いてくれてありがとう。これはささやかだけど感謝の気持ちよ。私、シエルに本当に感謝してるの」

(誰よりもわがままだったミーティア様が……)

ミーティア付きの侍女であるシエルは、信じられない光景を呆然と見つめた。

(こんなに……こんなにおかわいい子になるなんて……！)

幼い頃からお世話を担当し、最も近くでミーティアを見てきたシエルにとって、その姿は感動さえ覚えるものだった。

「今までたくさんわがままを言ってごめんなさい。これからはわがままなんて言わないから。もし嫌じゃなかったら、これからも傍にいてくれたらうれしいわ」

シエルはその言葉を、心の奥の深いところに大切に仕舞った。

(なんて良い子なの……あんなに小さいのに、背伸びして大人っぽい振る舞いしてるの尊い、愛しい、天使すぎる……！）

シエルは思う。

（この子の優しい心を絶対に守り抜かないと）

自分が悪女とはまったく違う方向性で慕われていることにミーティアは気づいていない。

◇　◇　◇

二年後、七歳になったときには、私はお世話係の侍女たちを完全に籠絡することに成功していた。

みんな私のことを深く慕ってくれて、ことあるごとにお菓子をプレゼントしてくれる。

特に私付きの侍女であるシエルなんて、「ミーティア様が尊くて愛しくて」と周囲の侍女に語るすさまじい心酔ぶり。

なんという恐ろしいまでの悪女の才能だろう。

子供というハンデを抱えながら、周囲を魅了せずにはいられない圧倒的カリスマ。

私はもしかすると、とんでもない可能性の扉を開けてしまったのかもしれない。

予想以上の進捗に満足しつつ、足を組んで紅茶を揺らす。

（悪女っぽい所作も良い感じにできるようになってきたわね）

鏡を横目で確認してうなずいてから、私は思う。

（計画を次のフェイズに移行する時が来たわ）

貴族社会で華麗に暗躍する悪女になるには、その目的に共感し協力してくれる仲間が必要だ。

私の手足となり、裏工作や敵対者を陥れる手助けをしてくれる優秀な味方。

その大事な一人目の仲間を、私は既に見繕っていた。

リュミオール伯爵家全体を取り仕切る執事——ヴィンセント。

お父様に仕えているため、私とは関わりが薄いこの人は、いつも美しい所作で完璧な仕事をしていることから、《優雅で完全なる執事》と私の中で呼ばれている。

その優秀さはリュミオール家の中では誰もが知っていた。

「ご機嫌はいかがですか、お嬢様」

やわらかい笑みと、知性と品格が漂う身のこなし。

侍女たちは口を揃えて「あの人はすごい。かっこいい」と言うし、私も仕事ぶりを見ていて『すごい人だなぁ、かっこいいなぁ』と思う。

背が高くてスタイルの良い大人の男の人。

歩く姿にはまるで隙が無く、さながらスパイ小説の中のエージェントみたい。

伯爵家の中で誰よりも仕事ができるこの人なら、暗躍する悪女の右腕としても最高の仕事をしてくれるに違いない。

（うまくアプローチしてなんとしてでも仲間になってもらわなければ……！）

その日から、私はヴィンセントさんを仲間に引き入れる極秘作戦を開始した。

まずは彼の周辺情報を集めるところから。

不思議なことに、彼の経歴にはいくつか偽装されたところがあった。

丁寧に裏取りしなければ気づけない巧妙な偽装。

他の人はまったく気づいていないけれど、華麗なる悪女になるべくかっこいい裏工作と謀略を一日中考えている私の目はごまかせない。

何故伯爵家に仕える執事が、経歴の偽装なんてしているのか。

聡明な私は、すぐにその理由に気づくことができた。

(間違いない……！　この人、私と同じでスパイ小説の裏工作とか大好きな人だ！)

何せ行われている偽装工作のひとつひとつが、本物のエージェントかのように徹底的かつ精巧に行われているのだ。

こんなこと、熱心なファンでなければ絶対にあり得ない。

(まさか、右腕にしたいランキング一位の《優雅で完全なる執事》が私と同じ憧れを持つ同志だったなんて……！)

なんという奇跡のような偶然。

胸の高鳴りが抑えられなかった。

(同志ならきっと、私の夢にも共感してくれる……！)

私は気持ちを手紙にしてヴィンセントさんに送ることにした。

彼が行った偽装工作について細部まで余すところなく書き綴り、私の夢と野望についても概要を書いて伝えることにした。

よし、できた。

同じ憧れを持つ同志であるヴィンセントさんなら、これくらい書けば後のことは読み取ってくれるだろう。

『二人きりで話がしたい』と書き添えてヴィンセントさんの鞄に手紙を入れた。

（遂に……遂に、仲間ができる……！）

前世から含めて、趣味を共有できる人なんて初めて。

私は弾むような足取りで、ヴィンセントさんに隠れて会う準備をした。

◇　◇　◇

（なん、で……）

ヴィンセントはその手紙に書かれた内容に戦慄せずにはいられなかった。

自身がリュミオール伯爵家に潜入するために行った偽装工作。

その詳細が、すべて白日の下にさらされている。

（私の偽装は皇国諜報機関の上司でも見抜けなかったのに……）

彼は皇国諜報機関に所属していた元エージェントだった。

中央大陸において最も質の高い秘密諜報機関に所属していた彼は、優秀な工作員の中でも最高傑作と称される伝説のエージェント——『名前のない男』として知られていた。

幾多の絶望的な状況を卓越した冷静さと判断力で切り抜け、『機械人形（マシンドール）』と恐れられた天才。

そんな彼がエージェントを辞めることを決意したのは、歪んだ正義と組織の体制に嫌気がさしたからだった。

戦争で両親を失った彼がエージェントになった理由。

自分のように寂しい思いをする子供を一人でも減らしたい。

彼は自らの正義のためにすべてをなげうって戦った。

敵対組織の幹部を罠にはめ、軍拡を指導する貴族の不正を密告し、ありとあらゆる手段で戦争を止めるために奔走した。

しかし、彼がどんなに懸命に努力しても戦争はなくならなかった。

戦争を首謀していたのが皇国であり、自身の所属する組織だったことに気づいたとき彼はこの世界に絶望することになった。

（すべて壊して終わりにしよう）

彼は皇国と秘密諜報機関の悪事を詳細なメモにまとめて新聞社に送った。

諜報機関は解体され、多くの人間が逮捕された。

旧諜報機関の面々は血眼になって彼を捜した。

捕まってしまえばまず生きては帰れないだろう。

考え得る最も残虐な方法で制裁が加えられるのは間違いない。

それでも、千の顔を持つ『名前のない男』にとって姿を隠すことは難しいことではなかった。

命の危機を感じるような事態はほとんどなかった。

手に入れた自由と平穏。

しかし、その生活は荒んだものだった。

純粋で正義を信じていた彼は、諜報員として世の中の暗部を見る中で人間という生き物の醜さに絶望していた。

救いようのない醜悪な現実が世の中の裏側にはある。

それは彼がどんなにがんばったところで変えられないし、悪を倒せばまた別の悪が力を増すように世の中はできているのだ。

正義も信念もその悪に利用され、気づかないうちに歪んでいく。

深い落胆と絶望。

すべてがどうでもよかった。

死ぬのが面倒だから生きているだけ。

優秀な執事を演じる裏で、感情のない人形のように送る日常。

ミーティア・リュミオールという名の少女と出会ったのは、そんなときだった。

お世話係の侍女たちに強く慕われている彼女のあり方が、ヴィンセントは不思議でならなかった。

（魔法国の貴族社会で育ちながら、どうしてこんなに思慮深く思いやりのある少女になったのだろう？）

魔法適性こそが人間のすべて。

優れた魔法適性を持つ貴族は、劣った存在である平民を虐げて当然という空気が、魔法国の貴族社会にはある。

にもかかわらず、彼女は心からの敬意と愛情を持って周囲の使用人たちに接しているように見えた。

（子供のはずなのに、大人以上に大人であるように見える。まるでここではないどこかで別の誰かとしての人生を経験してきたみたいに）

加えて、彼女には子供とは思えない知性と学習意欲があった。

おそらく、ギフテッドと呼ばれる類いの突出した才能。

（できるなら、そのまま優しい大人になってほしいものだ）

あまり関わりが無い少女に対して、密かにそんな思いを抱いていた折のことだった。

届いた手紙と、暴かれた偽装工作の数々。

書かれていることを理解するまでに少なくない時間がかかった。

ありえない。

ありえるはずがない。

どうして七歳の少女があの偽装をここまで完璧に見破ることができる？

とても受け入れられない現実。

(落ち着け。冷静に状況を整理しろ)

ヴィンセントは自分だけが理解できる特殊な暗号で、紙に状況を整理したメモを書いた。

それは彼が自分の考えを整理するために習慣的に行っていることだった。

主観をできるだけ排し、客観的に状況を捉えるためにこの方法が効果的だとヴィンセントは考えていた。

①ミーティア・リュミオールを名乗る手紙の差出人は私の経歴偽装を見抜いている。
②その事実を私に伝え、内密に二人で話したいと希望している。

事実だけを書き記せばこういうことになる。

(本当に私の偽装を見抜いたのは誰なのか。目的はいったい何なのか。それは話してみないとわからないか)

ヴィンセントは手早く荷物をまとめ、この家から姿を消す準備をした。

かかった時間は十分ほどだった。

手順は無意識でもできるほど身体に染みついていた。

彼にとっては姿を消すところまでが、生きていくために必要な工程として当たり前かつ日常的な行為になっている。

手紙に記載された時刻に、ミーティアの私室を訪れた。

侍女たちはおらず、部屋の中にいるのはミーティアだけだった。

ヴィンセントは上着の内側に、工作員時代から使っている特別製の折りたたみナイフを隠し持っていた。

(まだ差出人がミーティア様だと確定したわけではない。他の誰かがミーティア様を騙り、私を何らかの罠に陥れようとしている可能性もある)

ヴィンセントは部屋の点検をしに来たふりをして、盗聴用の魔導具がないか確認した。

「何かお困りなことはありませんか、ミーティア様?」

あくまで自然な調子でミーティアに話しかける。

「ひとつあるわ」

「なんでしょう?」

「優秀なパートナーが欲しいの。計画を実現するために」

「計画？」

「今日来てもらったのは貴方を計画に誘うためよ。詳細はそれを読んでもらえるかしら」

ミーティアはテーブルに伏せられた一枚の紙を指さす。

（ミーティア様が差出人であることは間違いない、か）

紙に手を伸ばすヴィンセント。

「すべてはそこに書いてあるわ」

ミーティアは優雅な所作で紅茶を揺らして言った。

「《華麗なる悪女（アルベルチーヌ）計画》。その全容よ」

（これは……！）

そこに書かれていた計画に、ヴィンセントは激しく混乱することになった。

（十代前半の夢見がちな少女が妄想するような残念な内容……！　後で読み返して痛すぎる過去として死にたくなるような記述の数々……！　しかし、私の計画を見抜いたこの子がこんな妄想を本気で信じているとは思えない。おそらく、この内容は誰かに見られた場合のことを考えての偽装。本来の意図は、その奥にある）

ヴィンセントは書かれている言葉の奥にある彼女の真意を丁寧に読み取っていく。

（歪んだ正義に裁きを下し、世界を裏側から支配する悪女……！　この人は正義の危うさと人間の本性を知っている。その上で悪としてこの世に満ちる悪を裁き、虐げられた人々を救おうとしている……！）


そこから見えたミーティアの真意に、ヴィンセントは思わず立ち尽くした。

純粋だった頃の自分が追い求めていた正義。

歪んだ世界の中で、それを実現できるかもしれない方法が、想像さえしていなかった形で綴られている。

（この方、まさか私の絶望を知って……！）

十分にあり得ることだった。

この少女は、皇国諜報機関の誰も見破ることのできなかったヴィンセントの偽装を完璧に暴いて見せたのだ。

（まだ七歳の子どもだというのになんという才能……）

息を呑む。

少しの空白の後、ヴィンセントの脳裏をよぎったのはひとつの希望だった。

（このやり方ならもしかしたら――）

数年ぶりに感じる心臓の高鳴り。

全身に力が満ちていくのを感じる。

それは熱となって彼を揺り動かす。

「協力してくれるかしら？」

不敵に笑みを浮かべるミーティア。

答えは聞かれる前から決まっていた。

（従者としてこの方をお守りする。理想を形にしてみせる）

ヴィンセントは恭しく一礼して言った。

「私のことはヴィンセントとお呼びください。共に悪を裁き、虐げられた人々を救いましょう」

（ん？　悪を裁き、虐げられた人々を救う？）

ヴィンセントの言葉の意味が私はわからなかった。

《華麗なる悪女（アルベルチーヌ）計画》にはたしかに、気兼ねなく殴れる悪徳貴族をぶっ飛ばす行為が活動のひとつとして含まれている。

しかし、それはあくまで私がかっこいい悪女になるため。

私以外の悪い連中がいなくなれば、必然的に私が世界一の悪女になれるという天才的発想に基づいてぶっ飛ばしてやろうと考えているだけなのだけど。

（いったいどういうことだ……？）

考えていた私は、はっと気づく。

（そうか！　ヴィンセントはスパイ小説のエージェントに憧れてるファンの人だから、人々を救う活動もしたいというわけね！）

たしかに、小説の中のエージェントには正義のために戦っている人も多くいた。

私と同じで小説のキャラクターに強い憧れを持っているヴィンセントにとっては、人々を救うのも大事な要素なのだろう。

（でも、悪女なのに人々を救うのは違うのかしら……？）

私は憧れるかっこいい悪女が他の悪を倒して、人々を救っている光景を想像した。

（うそ、かっこよすぎ……！　ダークヒーローじゃんっ！）

めちゃくちゃよかった。

信念を持たない半端な悪党どもをぶちのめし、人々を救う悪女。

一般的な価値観ではなくて、自分の中の価値基準を第一に行動している感じが最高に悪女って感じですごくかっこいい。

『私は本物の悪女だから、貴方みたいな半端な悪は許せないの』

私はワイングラスを揺らしながら決め台詞（ぜりふ）を言う自分の姿を想像した。

最高にかっこよかった。

（よし、この方向性でいきましょう。ヴィンセントの夢も叶えられるし、一石二鳥ね！）

私は小さくうなずきながら思う。

（やっぱり悪女たる者、一緒に頑張ってくれる部下の幸せも考えないといけない。身内には優しく、敵対者には容赦ないのが本物の悪女だもの）

それから、仲間になったヴィンセントの働きはすごかった。

貴族社会に蔓延(はびこ)る不正や悪徳貴族の情報を見事な手際で取ってきてくれる。

その洗練された技術は、まるで本物のエージェントなんじゃないかと錯覚してしまうほどだった。

さすがこの家で誰よりも仕事が出来る《優雅で完全なる執事》

趣味であるエージェントごっこに対しても、完璧にこなさずにはいられないのだろう。

私はさらに計画を楽しく進めるために、妄想で作った敵組織の設定をヴィンセントに話した。

魔法国を陰から支配する《三百人委員会》

貴族社会で血統主義と優生思想が広まった元凶であり、支配者と奴隷のみが存在する国として、魔法国を作り替えようとしている。

「そんな組織があるなんて……」

対して、ヴィンセントの反応は素晴らしいものだった。

まるで本当に組織があると信じているかのように息を呑み、真剣な顔でうなずく。

「皇国諜報機関が存在を把握できていなかった陰の組織……わかりました。調査してみます」

そして、一ヶ月後。

ヴィンセントは感情のない顔でテーブルに調査資料を並べた。

「ミーティア様の仰るとおりでした。魔法国を陰から支配する《三百人委員会》。血統主義と優生思想。人々を支配しやすいように社会構造を作り替える一方で、幾多の犯罪組織を運営し莫大な利益を得ている。この国の人々が貧困に苦しむ元凶。救いようのない巨悪です」

私は紅茶を飲みながら、資料に視線を落とす。

そこに書かれた精緻で現実以上にリアリティのある情報の数々に、私は感動せずにはいられなかった。

（すごい……ヴィンセントのエージェント大好きぶりすごすぎ……）

まさか、ここまで本物のエージェントのような調査資料を作ることができるなんて。

しかも、魔法国の貴族社会で本当にあった出来事や情報が、見事にその中に取り入れられて調和している。

まるで、本当に《三百人委員会》があるみたい。

さすが《優雅で完全なる執事》

妄想力でも私に匹敵する力の持ち主とは。

私もかっこいい悪女として、完璧な振る舞いをして彼の期待に応えないといけない。

「焦ってはいけないわ。こんな東国の格言を知ってる？『伏すこと久しきは、飛ぶこと必ず高し。開くこと先なるは謝すること独り早し』」

「いえ。どういう意味でしょうか」

「長い間地に伏せて力を蓄えていた鳥は高く飛ぶことができる。他より先に咲いた花は散るのもまた早いもの」

私は優雅に紅茶を揺らして言った。

「今は力を蓄えるときよ。簡単には倒せない強大な敵だからこそ、大切なのは一日一日の積み重ね。準備を続けましょう。巨悪を討ち滅ぼし、真の悪というのがどういうものなのかわからせてあげるために」

「承知いたしました」

私たちは地道に準備を続けた。

そんな私にとっては、父に見限られてからの幽閉生活はむしろ好都合だった。

余計な誘惑に惑わされることなく、叶えたい夢に向けて全力を尽くすことができる。

「ミーティア様。探されていた本をお持ちしました。活用していただければと」

私の入れられた地下室は、外との接触ができないように作られていたけれど、ヴィンセントは警備の隙を突いて差し入れを持ってきてくれた。

床下に作ってくれた隠し部屋と書庫。

みんなは気づいてないけれど、実は結構快適な環境で生活していたのだ。

「ミーティア様、ふかふかのクッションと手作りのお菓子をお持ちしました！」

途中からはシエルも差し入れを持ってきてくれるようになった。

私が幽閉されたことに深く嘆き悲しみ、食事も喉を通らない状態だったシエルは、ヴィンセントに幽閉生活の真実を聞かされたのだと言う。

「事後報告になって申し訳ありません。ミーティア様にずっと仕えてきた彼女なら大丈夫だと判断したのですが」

「謝る必要は無いわ。二人だけで計画を進めるのも限界があるしね。たしかに、シエルなら信頼できる」

私はシエルに《華麗なる悪女（アルベルチーヌ）計画》について話した。

「腐敗した貴族社会の悪党どもに裁きを下す最強の悪女にミーティア様が……」

シエルは瞳を揺らして言った。

「悪徳貴族から人々を救おうとするミーティア様天使すぎる……あんなに小さいのに、大人っぽい仕草でかっこつけてるのも愛らしさがすごくて、正義の味方ではなく悪女と言い張るところも少し痛いのがむしろいい……」

「ごめん、ちょっとうまく聞き取れなかったんだけど」

「ミーティア様は素晴らしいってことです」

シエルは真っ直ぐな目で私を見つめて言った。

「協力させてください。私もミーティア様の力になりたいです」

（いまいちわからない部分もあったけど、すごく尊敬してくれてるってことよね。さすが私！　なんて悪女すぎるカリスマ！）

　褒めてくれた言葉を反芻して、密かに頬をゆるめる。

　こうして、共に計画を進めるパートナーになったシエルは、ことあるごとに私に会いに来てくれた。

　最初はヴィンセントが警備の隙を突いて鍵を開けていたのだけど、途中から彼の力を借りずに一人で来るようになった。

「できるかなって鍵開けの練習をしていたら意外とできまして」

「……そんな簡単なノリでできるものなの？」

「私、昔から手先が器用なんです。回すときにちょっと工夫が必要でコツがあるんですけど」

　シエルは誇らしそうに目を細めて言った。

「私のミーティア様への気持ちは、こんな鍵くらいでは止められないので。実質お腹を痛めて産んだ娘だと思ってますから」

　いまいち聞き取れないところもあったけど、かっこいい悪女である私の魅力に心酔してくれているのだろう。

（協力してくれる二人に応えるために、私もがんばらないと！）


　私はヴィンセントが差し入れてくれた本で勉強を続けた。

雨の日も風の日も風邪気味の日も、毎日最低八時間は魔法の練習をした。

生活魔法以外の適性がないことが発覚したけれど、逆に言えば生活魔法は使うことができるのだ。

七歳の頃から測っていないけれど、魔力の数値自体は兄姉と比べても高い方だった。

魔力と魔法技術を高める努力を積み上げ続ければ、生活魔法でも通常魔法に勝つことは不可能ではないはず。

「行け！　《草木に水をあげる魔法》！」

「わっ、水が出ました！　すごいです、ミーティア様！」

「いいえ、このくらいはまだ序の口よ。魔力を上げるトレーニングをし続けて来た私が全力を込めれば、生活魔法でも高出力の魔法を放つことができるはず」

「でも、そんな話は聞いたことないですけど」

「常識なんて壊すためにあるのよ！　行け！　スーパー《草木に水をあげる魔法》！」

「水の勢いがちょっとだけ強くなりましたね」

「…………」

　悲しい気持ちで水浸しになった床を拭いたこともあった。

「今日は《飲み物に入れる氷を作る魔法》の練習よ」

「なるほど、ちょうどいいサイズの氷ですね」

「重要なのはここからよ。ただ単純に魔力を込めても、魔法式の効果には限界がある。だったら数で勝負よ。魔法式を何重にも重ねがけして力尽くで出力を上げる」

「でも、そんな話も聞いたことないですけど」

「あの失敗から私は学んだ。見せてあげるわ、シエル。成長し、覚醒した私の力を。行け！　スーパー《飲み物に入れる氷を作る魔法》！」

「な、なんて数の氷！　数が多すぎてあふれかえった氷でミーティア様の首がすごい角度に！」

「あばばばばばばば」

「今助けます！　死なないでミーティア様！」


失敗して首が折れそうになった日もあった。


「今日は《煙草に火をつける魔法》の練習よ」

「大丈夫ですか、ミーティア様……前回は失敗したという話ですし、さすがに火は危険なのでは」

「全然まったくこれっぽっちも問題ないわ、ヴィンセント。所詮、社交会で二流商人が貴族に気に入られるために使う程度の魔法。何より、失敗を経て私は成長している」

「しかし……」

「過保護なシエルは止めようとするから、来ていない今日しかチャンスがないの！　今度こそ私は真の力を発揮してみせる！　行け！　スーパー《煙草に火をつける魔法》！」

「すごい！　見事な魔法制御力です、ミーティア様。自分は一切火傷することなく、髪だけを焼いて真っ黒のアフロヘアーに変身するとは」

「そ、そうね。成功なのよ、これは。ぐすっ、えぐっ……」

鏡の前で落涙した日もあったけれど、私は悪女を目指して徹底的に自分を鍛え続けた。

「大きくなったわね、ミーティア」

お母様が私に会いに来たのは、そんなある日のことだった。

「特に髪のあたりがすごく立派になったわ。なんというか、その……斬新ね。私は良いと思うわよ。ミーティアにはミーティアの好きな自分でいてほしいし」

優しさが身にしみた。

私は一刻も早く《髪を綺麗にトリートメントする魔法》を身につけて悪女っぽい艶やかなロングヘアーを取り戻すことを決意した。

お母様はお父様に内緒で会いに来てくれたみたいだった。

前に見たときに比べて、随分と痩せているように見えた。

しんと冷えた空気。

漂う埃が魔導灯の光を反射して瞬いていた。

私はずっとお母様に聞きたいことがあった。

どうして魔力適性を鑑定された日、私を守ってくれたのか。

貴族社会において子供を育てるのは使用人の役目だ。

伯爵夫人の務めが忙しいお母様と関わる機会はほとんどなかった。

だからこそあの日のお母様の姿が、私にとっては驚きで。

あんな風に誰かが守ってくれたことなんて前世も含めて一度もなかったから、抱きしめられて感じた体温は今も私の中に残っている。

「どうしてあの日、あそこまで必死に私を助けようとしてくれたんですか？」

聞いた私に、お母様は何も言わなかった。

言葉を探すように押し黙って。

それから言った。

「私はずっと周囲が望む自分を演じて生きてきたの。調子を合わせて、空気を読んで。間違ってるんじゃ無いかって感じる貴族社会のいろいろなこともこれで正しいんだって自分に言い聞かせてた。考えを主張する勇気なんて私にはなかったから」

お母様は言う。

「だから侍女たちから貴方のことを聞いてびっくりしたの。誰にも言われてないのに自分の意志で勉強して、立派な一人の人間になろうとしてる。私からこんな娘が生まれるなんて信じられなかった。貴方の存在を私は密かに誇らしく思ってたの。臆病な私の中にも、貴方みたいな強い部分があるんだって勇気をもらってた」

お母様は目を伏せて続けた。

「だからこそあの日、絶対に守り抜かないといけないと思ったの。私は臆病だからなんて言い訳してちゃいけない。これは私がしないといけないことなんだ。一生に一度しか勇気を出せないとしたら、それを出すのはここだって。貴方のおかげで私は少しだけ、ずっとなりたかった自分になることができたの」

お母様の手が私の髪に触れた。

やわらかい指の腹がやさしく頭を撫でた。

「何があっても貴方は絶対に大丈夫。何をしてもいい。何を言ってもいいの。誰にどう思われても、気にすることなんてない。私はずっと貴方の味方だから。それを忘れないでね。少しだけ遠くの世界に行って会えなくなったとしても」

お母様は言った。

「生まれてきてくれてありがとう。大好きよ」

お母様はその言葉を通して、私に大切な何かを伝えようとしているのだと感覚的にわかった。

どんな言葉でも伝えきることはできない、大切なこと。

お母様が亡くなったと聞かされたのはその二週間後のことだった。

私は涙を堪えながら、いつもよりたくさん魔法の練習をした。

何かしていないと泣いてしまいそうだったから。

それは憧れるかっこいい悪女とは違うから。

がんばったおかげで、《髪を綺麗にトリートメントする魔法》は無事成功し、私は艶やかなキューティクルと悪女っぽいロングヘアーを取り戻すことができた。

(お母様がずっと我慢してた貴族社会の悪いところ。私が全部ぶっ壊してみせるから)

名目上の領主代行として、辺境の領地――リネージュの地に派遣されることになったのはそのすぐ後のことだった。

魔法が使えない劣った人々の住む場所として、理不尽な圧政によって荒廃した土地。

何の産業もなく、農業にも適さない。

治安は悪化の一途を辿り、劣悪な栄養状態から伝染病が蔓延している。

魔法国で今、最も危険な場所。

「あんな危険なところにミーティア様が……」と侍女たちは目に涙を浮かべていたけれど、私の胸には夢への希望があった。

(暴徒や流行病なんかに絶対負けてなんてやらない。私は世界一の悪女になる)

強い思いを胸に、東の空を見つめる。

(見ててね、お母様)

馬車を用意され、一人でリネージュの地に向かうことになった私だけど、シエルとヴィンセントがリュミオール家の仕事を辞めて私についてきてくれた。

優秀な二人がいなくなることになって、お父様は随分お怒りだったとか。

特に平民出身のシエルは辞める際、ひどいことをいろいろと言われたらしい。

「『二度と侍女として働けなくしてやる』って言われました。ミーティア様以外に仕える気ないのでいいんですけどね」

シエルは言う。

「正式にミーティア様にお仕えできるようになりましたし、これからはもっと私のことを頼ってくださいね。甘えて寄りかかっていただいて大歓迎です。ミーティア様は私にとって行き場のない母性を満たしてくれるこの世で最も尊い天使なので」

最後の方は何を言っているのかわからなかったけど、多分シエルなりに私がお母様を亡くしたことを気にかけてくれているのだと思う。

折角だし、甘えさせてもらうことにした。

「シエル。抱きしめてほしいと所望するわ」

かっこいい悪女っぽい所作を意識して髪をかきあげて言うと、

「はい。ぎゅっとしてあげますね」

シエルは私を優しくなでなでしてくれた。

幸せ空間だった。

かっこいい悪女感がないことは不満だったけれど、これはこれでいいかと思えるだけの何かがそこにはあった。

私はしばしの間、人肌のあたたかさに包まれてエネルギーを補充した。

元気になった私は、これから向かうリネージュのことをヴィンセントに相談する。

「準備は予定通りできた？」

「はい。ミーティア様の計画通り進めております」

「魔法薬師ギルドとの折衝もうまくいったみたいね」

「密かに運用していた資金で魔法薬も予定していた量を確保しました」

荷台に積まれた大量の木箱を一瞥（いちべつ）しつつヴィンセントは言う。

「細部については私が独断で変更した箇所もありますが」

「いいのよ。ヴィンセントの判断を私は支持するわ。貴方が最善だと思う選択をしてくれたのならそれでいい。ヴィンセントは私より優秀だから」

ヴィンセントは少しの間じっと私を見てから目を細めた。

「ミーティア様はやはり大きな方ですね」

「ほんと!?　大きくなってる!?」

思わず声が弾んでしまった。

前世から続く呪い。

かっこいい悪女を目指す私に神が与えた試練。

――身長が伸びない。

まだ十歳だからと気にしないようにしていたけれど、私の身長は同世代の子たちと比べてもはっきりと低かった。

理想とするかっこいい悪女は高身長でスタイル抜群。

なんとか現実を作り替えるために、上げ底の靴を履き、毎日ぶら下がる運動をして懸命に努力を続けていたのだ。

そんな私にとって大きく見られることは最高の喜び。

この調子で成長すればスタイル抜群な大人のレディになる日もいつか――

「いえ、背丈が伸びたというわけではないのですが」

「…………そう」

私は悲しい顔をした。

現実はいつも残酷で厳しい。

「大丈夫ですよ、ミーティア様。時間が経てばきっと大きくなりますから」

シエルになでなでされながら馬車に揺られること半日ほど。

到着したリネージュの地は噂通りひどく荒廃していた。

打ち捨てられた畑と野菜の残骸。

町の商店は暴徒に襲われたらしく、食い散らかされた後のようになっている。

人がほとんどいない町のいたるところから、ざらついた咳が聞こえていた。

他の領地に比べ、生産高が乏しい地域ではあった。

それでも、ここまでひどい状況にしたのは間違いなく重税を強いた統治側。

（魔法適性がない住民を劣った人々扱いして私腹を肥やして、手に負えなくなったらトンズラね）

とはいえ、珍しいことではない。

むしろこの国の貴族の中では、一般的な考え方とやり方。

だからこそ気に入らない。許せない。

（欲塗れで信念のない惰弱な悪徳貴族。かっこいい悪女を志す者として、華麗にぶっ飛ばしてやるわ）

決意を新たにしていた私は、外で何やら物音がしていることに気づく。

何かあったのかしら、と窓の外を見る。

隣で、ヴィンセントが深く息を吐いた。

「暴徒に囲まれましたね。どうしますか？」

「へ？」

恐ろしいことに、ヴィンセントの言葉はそのまま真実だった。
今、魔法国で最も危険と言われるリネージュの治安。
伯爵家の馬車を見つけて、金目のものを奪おうと暴徒たちが集まってきたらしい。
感情の見えない灰色の瞳。
ぼろ切れのような服と靴。
魔法が使えない分、厳しい肉体労働を課せられていたのだろう。
黒ずんだ肌には鞭で打たれたような傷が散っている。
彼らは肉食獣のように狡猾に姿を隠しながら、馬車を取り囲もうとしていた。
「こんなところになんていられない！　引き返しますよ！」
馬車を操る御者さんが馬の手綱を引く。
しかし、暴徒の動きは想像以上に早かった。
屈強な男たちが廃墟の太い柱で道を塞ぐ。
貴族家の馬車が通ったときのために、あらかじめ準備をしていたのだろう。
廃材の山を重ね、棘のついたワイヤーで固定する。
未知の障害物に、怯えた様子で足を止める二頭の馬。
「逃げられない……」

真っ青な表情でつぶやく御者さん。

（だ、大ピンチじゃない⁉　どうすれば……⁉）

冗談抜きで命の危機だ。

激しい混乱。

停止する思考回路。

（ぜ、全力で命乞いすれば命だけは見逃してくれたり――ダメだわ！　魔法国の貴族って平民にめちゃくちゃ嫌われてるから絶対ボコボコにされる！）

まして、この地の人々は長きにわたり劣った人として扱われ、圧政に苦しんでいたのだ。

私がどんなに説得しても、怒りを収めてもらおうなんて期待する時点で無理筋。

「ヒャッハー！　ゴミ貴族どもぐちゃぐちゃにしてやんよ！」

「おらおら！　ビビってんじゃねえぞクズどもが！」

馬車の外から響く暴徒の声。

石が投げられる。《硬化》の魔法が付与されたガラス窓に亀裂が入る。

（もうダメだ……死ぬんだ……⁉）

心の中で頭を抱えていた私だったけど、そのとき脳裏をよぎったのは憧れているその人の背中だった。

前世で大好きだった小説に出てくるかっこいい悪女。

どんなときにもブレない強い芯を持ったあの人なら、この程度の逆境では屈しない。
何のためにたくさん努力してきた。
憧れていたあの人みたいになるためじゃないか。
だったら、このくらいのピンチであきらめてなんていられない。
腹をくくれ。
覚悟を決めろ。
後回しにしてはいけない。
今なるんだ。
あの日憧れた、あの人のような悪女に――
深く息を吐いて、精神を集中する。
なりたい自分を思い描く。
「行きましょうかみんな」
私は立ち上がり、ひらりと髪をなびかせて言った。
「本物の悪というものを教育してあげましょう」

◆
◆
◆

馬車を取り囲んだ暴徒たちにとって、馬車を降りた三人の姿は意外なものだった。
執事と侍女と幼い少女。
落ち着いた所作で並び立つ三人の顔に恐怖の色はなかった。
貴族の誇りというやつだろうか。
背筋を伸ばし、凛とした所作で暴徒たちに近づいてくる。
しかし、取り囲む暴徒の数は五十人以上。
力の差は比べるべくもない。
三人は獰猛(どうもう)な獅子の群れに囲まれた兎でしかないのだ。
積もりに積もった憎しみと怒り。
魔法適性を持たない彼らを貴族たちは人間と思っていなかった。
理不尽で地獄のような日々。
耳を塞ぎたくなる罵倒。
怒りと衝動を欲望のままにぶつけ、憂さ晴らしをする絶好の機会が目の前にある。
武器を持った暴徒たちが嗜虐(しぎゃく)的な笑みを浮かべて距離を詰める。
張り詰めた空気。
狂気が一帯を包んでいる。
暴徒たちが地面を蹴る。

「地獄に落ちろやカス貴族！」

小さな少女に向けて鈍器を振り上げたそのときだった。


「跪きなさい」


背筋に液体窒素を流し込まれたかのような悪寒。

経験したことのない恐怖。

空白。

どうして自分は倒れているのか。

身体に力が入らない。

つばを飲み込むことさえできない。

それは、純粋な魔力圧による暴力だった。

一日八時間のトレーニングに打ち込む中で少女の魔力量は、相手に根源的恐怖を植え付ける領域まで達していた。

その傍らで、熊のような体躯の大男が宙を舞っている。

暴徒の中で最も大柄で力の強い男だった。

傍らに立つ執事によって投げ飛ばされたのだ、と気づく。

芸術とさえ言えるところまで洗練された一切の無駄のない体術。

どうして二メートル近い大男をあんなに軽々と投げ飛ばすことができるのか。

何が起きているのかまったくわからない。

しかし、本能的に暴徒たちは理解する。

この二人は、自分たちの常識の外にいる何かだ。

「貴方たちは弱いわ。悪とさえ呼べないほどに弱い。でも、私は貴方たちのあり方を肯定する。そうするしかないところまで追い込んだのはこの国の歪んだ正しさだから」

少女は言う。

「魔法適性を持たない者は虐げて当然という魔法国貴族の考え方、私反吐(へど)が出るくらい嫌いなの。だから、歪んだ正義を振りかざす悪徳貴族どもをぶっ飛ばす。そのために私はここに来た」

それから、少女は崩れ落ちた暴徒たちに馬車の積み荷を見せて続けた。

「家族が流行病に苦しみお金が必要なのでしょう。薬を提供するわ。飲ませてあげなさい」

木箱から魔法薬の瓶を取り出し、暴徒に渡す少女。

その精巧に作られた形の瓶とラベルに書かれた文字を見て一人の暴徒がつぶやく。

「こんな高価な薬をどうして……」

「敵対者には容赦しないけど、身内には優しいのが私が憧れる悪女だから。この地の新しい領主代行である私にとって、貴方たちは領民であり身内なのよ」

侍女と執事が魔法薬の瓶が詰められた木箱を並べていく。

何が起きているのかわからないという顔で戸惑いつつ、薬を受け取る暴徒たち。

少女は彼らのことをじっと観察する。一番後ろの方にいた一人の男に目を留める。

四十歳くらいの男だった。

顔に大きな傷のある男は、廃材を杖代わりにして右脚をひきずりながら歩いていた。

「ねえ、貴方。かなり脚が悪いみたいね」

「治療を受けることもできなかったので」

「少し見せてもらえる？」

地面にハンカチを敷き、男を座らせる。

筋張った脚はうっ血して黒ずんだ色に変色している。

表面には気泡のような不気味な腫れが無数に散っていた。

「これはひどいわね……」

「治療できる魔法使いはこの国で一握りだと言われました」

「この国で一握り……」

じっと脚の様子を見つめて少女は言う。

「私に治療させてもらえるかしら」

「治療魔法が使えるんですか？」

「ええ。簡単な生活魔法だけど」

その言葉に、男は落胆したようだった。

生活魔法は魔法国でもほとんどの人が使える価値が低いもの。

その認識は、魔法が使えず差別されている彼らの中でも同様だった。

むしろ、そこに対する侮蔑（ぶべつ）はより強いかもしれない。

虐げられている彼らにとって、その魔法は自分たち以上に軽んじていい対象であり、鬱屈のはけ口として認識されている。

漏れたため息に気づいてさえいない様子で、少女は鶏ガラのような脚に視線を落としていた。

呼吸を整えてから、丁寧に魔法式を描く。

魔法式無しでも起動できる生活魔法だが、その効果は魔法式を描くことで向上する。

鮮やかに黄緑色の光を放つ魔法式。

《小さな傷を治療する魔法》と《少しだけ病気がよくなる魔法》の重ねがけ。

細い脚が黄緑色に発光する。

しかし、光はすぐに消えた。

効果はまったくないように見えた。

生活魔法の限界がそこにはあった。

「やっぱり無理ですよね」

男のつぶやきが、少女は聞こえなかったみたいだった。
「効果範囲の調整はできた。後は、座標を固定して――」
風が漏れているくらいの小声で続ける。
「大丈夫。ずっと練習してきたでしょ。できる。私はできる」
目を閉じて呼吸を整える。
少女は祈るような声で言った。
「見てて、お母様」
起動する無数の魔法式。
少女の周囲に、小さな円が幾重にも展開する。
空間を埋め尽くすように殺到して、虫の群れのように一帯を取り囲む。
黄緑の光が強さを増す。
昼の光よりも眩しくあたりのすべてを光で包む。
（これは、いったい……）
どれだけの時間が過ぎたのかわからない。
一分近く続いていたような気もするし、一瞬の出来事だったような感じもする。
呆然としていた男が変化に気づくまでに少し時間がかかった。
（あれ？　痛みが……）

感じない。

常にそこにあった刺すような痛みが消えている。

戸惑いつつ落とした視線の先には、生まれたばかりのようにみずみずしく健康的な自分の脚があった。

「脚が……脚が治って……」

ふるえる声でつぶやく。

信じられない光景。

少女は口元を手で覆う。

緩みそうになる頬を隠す。

顔をしかめて喜びを隠し、自信満々な悪女の表情を作る。

不敵に笑みを浮かべ、ひらりと髪をなびかせた。

「怪我してる人、病の人。緊急性の高い者から連れてきなさい。この私が全力をもって治療してあげるわ」

暴徒たちはしばしの間呆然と立ち尽くしていた。

目の前で起きた奇跡のような出来事。

我に返った者から、慌ただしく駆け出して治療してほしい人を連れてくる。

最初に抱きかかえられてきたのは、高熱にうなされている幼い男の子だった。

作りの小さい手足がしきりに痙攣していた。
焦点の合わない瞳で虚空を見つめていた。
「お願いします。息子を……息子をどうか……！」
「なかなか簡単ではない状況みたいね。わかったわ。全力を尽くすことを約束する」
周囲の一帯を埋め尽くすように展開する魔法式。
雷鳴よりも眩しい光があたりを染め上げる。
治療はすぐには終わらなかった。
空気に張り詰めたものが混じっていた。
誰もが息を呑むことしかできない時間。
黄緑色の光には、暴徒たちが知らない何かの気配が混じっている。
匂いはない。感触もない。
しかし、そこに普通ではない何かがあることを暴徒たちは感じている。
光が弱まり始める。ロウソクの最後の灯火のように、一度強く揺らいでから消えた。
眩しさに白く染まっていた視界が少しずつ昼の光に慣れてくる。
彼らの視線の先で、幼い男の子は静かに目を閉じて眠っていた。
小さな胸が規則正しく上下していた。
「あとは薬を飲んで、数日安静にしていれば大丈夫なはずよ。次の人を連れてきて」

「ありがとうございます！　ありがとうございます領主様！」

「礼を言うのは後でいいわ。症状の重い人を早く連れてきて」

それから、少女は一日中重病者の治療を続けた。

お金がなくても身なりがひどくてもまったく気にする様子はなかった。

十時間で百四十七人を治療した。

消耗した魔力と体力を、魔法薬を飲んで回復させてまた治療に戻った。

少女の治療は夜遅くまで続いた。

「ミーティア様、そろそろお休みされた方が」

心配する侍女の声に、少女は汗を拭って首を振る。

「今じゃないとこの人たちは助けられないかもしれない。私の領民（もの）が失われちゃうかもしれないのに、黙って見てるなんて許せないわ」

山向こうから濃い群青が朝の始まりを連れてくる。

空が白み始め、新鮮な日差しが注いでも少女は治療をやめようとしなかった。

二十一時間で二百九十六人を治療した。

緊急性の高い人たちの治療が終わったと聞かされた少女は、力が抜けたようにくずおれて眠りに落ちた。

大きな隈と疲労の跡。

侍女に抱きかかえられ、馬車でリュミオール家の屋敷に向かうその姿を暴徒たちは呆然と見つめた。

（なんて気高く強い方なのだろう。貴族なのに私たちを差別せず、こんなにも懸命に回復魔法で治療してくださるなんて）

人に優しくされることなく生きてきた彼らは、信じられない思いで目の前の光景を見ていた。

（このご恩は決して忘れません。一生ついて行きます、領主様）

第二章 ✦ 領主代行ミーティア・リュミオール

目を覚ましたのは夕方頃だった。

いつもと違う時間の睡眠。

身体の芯に疲労が残っている感じがする。

（それだけがんばったってことよね）

昨日の自分を思い返す。

全力で戦った後の充実感と心地よい気だるさ。

何より大きかったのは、生き残ることができたことへの安堵だった。

（やったわ！　なんとかごまかしきった！）

最初に圧倒して勝てないと思わせ、相手の心に寄り添って懐に入り込む。

戦わずして望み通りの状況を作り出す、正に悪女らしい天才的戦略。

さらに生活魔法で治療をしてあげることで、領民さんたちを懐柔し、反乱が起きて死亡ルートを回避する。

魔法国では軽んじられている生活魔法だけど、毎日練習していたことと、魔法式を重ねがけして出力を向上させたことで、十分回復魔法として使えるものになっていた様子。

(敵対者には容赦ないけれど、身内には優しいのが私が憧れる悪女だからね)

かっこいい悪女な振る舞いは、領民さんたちにとっても魅力的なものとして映ったのだろう。

私のことをすごく慕ってくれて、キラキラした目で感謝の気持ちを伝えてくれた。

心をあたたかくしてくれるふわふわした感覚。

(か、感謝されるってこんなにうれしいものなのね)

初めてだった。

こんな風に誰かに頼られ、感謝されるのは。

思い返して、「えへへ」と悦に浸る。

しかし、同時に私は一抹の恐怖を感じていた。

気持ちよすぎるのだ。

感謝されるのも褒められ頼られるのも、あまりに気持ちよすぎてもっとほしいと求めてしまいそうになる。

(いけない……私の中に封印されていた怪物が暴れだそうとしている……)

恐怖が背筋を凍らせる。

(世界の中心で褒められたいと叫ぶ承認欲求モンスターが!)

呑まれてはいけない。

冷静に対処しなければならない。

私はこの怪物を飼い慣らす方法を学習しないといけない。

(落ち着け……冷静になるのよ。褒められたって何かもらえるわけじゃないし、そんなに大したことじゃない。ちょっとうれしくなって心がふわふわしてその日一日すごく良い日だったなって気持ちよく過ごせるくらいで)

自分に言い聞かせて、怪物を封じ込める。

私が憧れるかっこいい悪女は承認欲求には屈しないのだ。

「参ったわね。一番の怪物は私の中にいる。私はこの怪物とも戦っていかないといけない」

私は髪をかき上げて言う。

「いいわ。かかってきなさい、私の中の怪物。貴方を掌握して私は無敵の存在になる。逃げも隠れもしないわ。正々堂々正面から、戦ってあげる」

澄まし顔でかっこいい台詞を言って、気持ちよくなっていた私は気づいていなかった。

少しだけ開いていた部屋の扉。

その隙間からシエルとヴィンセントが私を見つめていたことに。

「ミーティア様ってちょっと痛いところありますよね」

「おそらく、同世代の友人と遊べずずっと一人で妄想ばかりして過ごしていたからではないかと」

「ミーティア様おかわいそう……でも、そういうちょっと残念なところもかわいい……！」

そんな風に話していたことなんてまったく気づくことなく、私は気持ちよく妄想に浸りながら窓の外を見つめていた。


自分の中の怪物と戦わなければならないという難しい問題と向き合いつつ、私は領民さんたちの治療を続けた。

一番緊急性の高い人たちの治療を済ませることはできたけど、容態が芳しくない人は他にもたくさんいる。

急変してしまう人もいたし、力不足で救えなかった人もいた。

だけど、私がすべきなのは一人でも多くの人を救うために自分にできるベストを尽くすこと。

「次の方は三日前から喉に痛みが出始めて、その翌日に発熱。吐き気が強く、食事を取ることもままならないとご家族の方が話していて――」

シエルがご家族に聞き取りをして、状況を私に伝えてくれる。

私が治療に集中できるよう、必要なサポートをするのがシエルの仕事になっていた。

喉が渇くと水を飲ませてくれ、お腹が空くと栄養たっぷりの野菜スープを飲ませてくれた。疲れると体力を回復する魔法薬、魔力が減り始めたのがわかると魔力を補給できる魔法薬を飲ませてくれる。

さながら凄腕介護士のように、してほしいことを全部してくれるから、私の人間強度はぐずぐずと崩れ、生活力は大恐慌が起きたときの株価みたいに低下していた。

（私、これシエル無しでは生きられない身体になりつつあるのでは……）

一抹の不安を感じつつ、テキパキと働くシエルの姿を見つめる。

一方で、領民さんたちの症状から容態を分類して、私の所へ連れてくる段取りと手配をしてくれているのがヴィンセントだった。

不思議なくらいの情報収集力で領地の人たちの状況を整理して、緊急性の高い人たちから連れてきてくれる。

加えて、初日に私を襲撃した暴徒さんたちも協力してくれた。

ヴィンセントの指示に従って、病の領民さんの送り迎えを手伝ってくれる。

ベッドや待合室も用意してくれて、私が治療を行う町中央の広場は、簡易的ながら小さな治療施設と呼べるくらいの設備が整い始めていた。

（みんなで協力してがんばるの楽しいかも）

周囲にたくさん人がいて、私のために動いてくれる。

前世では友達も仲間と呼べるような人もいなかった私だから、周囲に人がいるという感覚が慣れなくて、落ち着かなくて。

だけど、そこには経験したことのないふわふわした何かがある。

（いけないわ。にやにやしてはダメよ。私はクールでかっこいい悪女なのだから）

口元を隠しつつ、不敵な流し目を意識する。

（この調子で領民さんたちの支持率を上げて、華麗なる悪女生活への地盤を固めるのよ！）

魔法を使えない者たちが暮らす荒廃した領地に赴き、無償で伝染病の治療を始めた領主代行の小さな少女。

懸命に治療魔法をかけ続けるその姿が領民たちにもたらした衝撃は大きかった。

（貴族なのに私たちを治療してくれるなんて）

戸惑い、立ち尽くす領民たち。

軽んじられ、虐げられてきた自分たちの常識からするととても信じられない光景。

何か裏があるのではないかと疑った。

治療するふりをしているだけではないのか、と。

しかし、彼女はその小さな手でたしかに目の前の病人や怪我人の症状を改善させていた。

熟練の回復魔法使いをも超える規格外の治療技術。

何より驚きだったのは、少女が手が付けられない暴徒と化していた者たちから慕われる存在になっていたことだった。
血と暴力に餓えた無法者たちが自らの意思で領主に協力している。
（あの手が付けられなかった連中が……）
容易には受け入れられない嘘のような光景。
しかし、それはたしかに現実だった。
二人の従者と暴徒たちの力を借りながら、少女は手際よく病人たちを治療していく。
領民たちが近づきたがらない重症者を相手にしてもまったくためらわない。
むしろそういう人から先に治療しようとする。
（なんて優しさと自分の魔法への自信……）
繰り返し魔法を使っても彼女はまったく疲れた様子を見せない。
髪を自慢げにかき上げ、不敵な笑みと不思議なポーズで時折遠くを見つめる。
（まだ十歳なのに……とてつもない才能……）
正に神童という他ない。
彼女の姿に惹きつけられて、協力を申し出る領民たちも現れ始めていた。
既にこれだけの魔法技術と求心力を身につけているのだ。
成長すればいったいどれだけの大人物になるのだろうか。
領民たちは息を呑んで、小さな少女の姿を見つめた。

（この方なら、腐敗しきった国を変えてくれるかもしれない）

領民さんたちの治療を始めてから三週間が過ぎた。

回復魔法と薬による治療はなかなか簡単にはいかなくて。

だけど、領民さんたちが協力を申し出てくれたことがすごくありがたかった。

町のことをよく知っている彼らの力を、ヴィンセントは見事な手際で効果的に活用。

三週間休みなしで回復魔法をかけ続け、容態が急変する可能性がある人たちへの対応を終わらせることができた。

そういうわけで今日はリネージュで過ごす初めての休日。

カーテンから零（こぼ）れる朝の透明な日差し。

うんと伸びをしてカーテンを開ける。

隣の部屋から香ってくる朝ご飯の匂い。

目を細めてから、服を着替えて朝の支度をする。

瀟洒（しょうしゃ）な魔導式の洗面所と鏡台。

感染症と治安の悪化によって慌ててこの地を逃げ出したお兄様。

リネージュにある伯爵家の屋敷には、高価な調度品がそのままの状態で残されていた。

家主が不在ということで、泥棒に入ろうとした人もいたはずだけど、敷地内を守る厳重な魔術結界は侵入を完全に防いでいた様子。

（魔法国の貴族は平民に恨まれているのを知っているからこそ、警備にすごくお金をかけるんだよね）

広がる格差社会と悲しい現実。

（おかげで、快適に過ごせるし当面の資金には困らないけど）

シエルとヴィンセントが作ってくれた朝ご飯を食べる。

三人で一緒に食べるのが私たちの新しい日課になっていた。

超一流の執事であるヴィンセントは、主人と一緒に食事をすることに抵抗があるみたいだったけど、「一緒に食べてくれた方が私はうれしいわ」と伝えると、少し困りながらうなずいてくれた。

（誰かと一緒に食べるごはんって楽しい）

二年間の幽閉生活。

ずっと一人で食べていたので、一緒に食べてくれる二人の存在に頬がゆるんでしまう。

妄想好きの私は、思いついた新しい設定をシエルとヴィンセントに話して。

二人は、「そんな裏取引が商会で行われていたなんて……！」とうれしい反応をしてくれて。

平和な朝の時間。

ひとかけらも残さずごはんを完食してから、何をして過ごそうかと考える。

遂にやってきた予定のない休日。

私は自由に今日を過ごしていいんだ。

何をしてもいい。

どこに行ってもいい。

好きなことを好きなようにやっていい。

そう思うと、どうしようもなく胸が弾んでしまう。

誰のことも気にする必要の無い自由でゆるやかな時間。

(私は何をしたいだろう?)

自分の心に問いかける。

答えはすぐに出た。

(かっこいい悪女っぽいことがしたいわ!)

凛としてかっこよく生きる憧れの存在。

大好きな悪女様だったら何をするだろうと考える。

(私の好きな悪女なら、きっと野望に向けての準備をするわね。着実に地盤を整え、計画の準備を進める)

私は《紅の書》を開いた。

これは《華麗なる悪女計画(アルベルチーヌ)》の全容が書かれた恐ろしい書物――という設定になっている私愛用のノートだ。

計画を進めるために何が必要か。

答えを出すまでに時間はかからなかった。

(とりあえずお金がたくさん欲しいわね)

私の憧れている悪女はお金大好きだし、私もお金は大好きだ。

おいしいものを食べるにも、かっこいいドレスを買うのにも、悪徳貴族どもをぶっ飛ばして気持ちよくなるのにもお金は絶対に必要になる。

何より、あればあるほどうれしいのがお金というもの。

(できるなら寝てるだけでお金が入ってくる、最高に悪くて天才的なシステムを構築していきたいところね)

私は今まで勉強してきた知識を活かして、理想を現実的な形にするための方法を考えることにした。

目をつけたのは、領地を経営する領主が当然の権利として徴収しているお金――税収。

(領民さんからの税収がたくさん入ってくれば、寝てるだけでお金がいっぱい……！)

なんと悪女として理想的すぎる夢の光景だろう。

甘美な響きに胸のときめきを抑えられなかった私は、早速リネージュを探索することにした。

領地を隅々まで視察し、現地の人の話を聞いて一日中情報を収集した。

リネージュは農業生産力に乏しい地だ。

その原因は農業従事者と土を酷使しすぎていたことにあるというのが調査して得た結論だった。

今までの領主たちは、この地に適正値をはるかに超える額の重税をかけていた。

暖炉税、窓税、レンガ税、壁紙税、馬税、犬税、置き時計税、腕時計税……。

公共経済学の本を二億回ずつ読んでほしいような本当にひどい税制度の数々。

それによって農家の人は土を休ませることができず、多毛作によって土の養分が失われてしまっていたのだ。

悲惨そのものと言わざるを得ない領地の現状。

しかし、だからといってあきらめるほど私のお金に対する執念は弱いものではない。

（一度税額を最適な額まで引き下げましょう。領地経営を健全化して、長期的にたくさんのお金を得ることができるシステムを構築する）

領主代行の権限を用いての、税額の引き下げ。

対して、リネージュの人たちの驚きは大きかった。

「そ、そんなに税額を下げるのですか……!?」

リアクションの大きさに、やりすぎたかも、と一瞬戸惑ってから首を振る。

どんな反応が返ってこようとも、自分が信じる道を突き進むのが悪女のやり方。

加えて領地経営を健全化するために、私は《土に栄養を与える魔法》を畑と荒れ地にかけることにした。

下級の生活魔法だけど、たくさんある魔力を活かして九十回ずつ繰り返し使えば、荒廃した土地に十分な栄養を与えることができる。

農作業なんてまったく興味が無かった私だけど、やってみるとこれが想像以上に楽しかった。

土を丁寧に観察し、彼らが求めているものを冷静に見定めていく。

そこで必要になるのが土との対話だ。

土は言葉を発している。

鼓膜を揺らせない小さな声で、何を求めているのか伝えている。

大切なのはその声に耳を傾けること。

聞こえているつもりになってはいけない。

大体こんなものだろう、と声を聞くのをやめてはいけない。

同じに見えても違うのだ。

私たちが一人一人違った性格と歴史と魂を持っているように、土にも一人一人違った性格がある。

(安心して。聞こえているわ、貴方の声)

心を込めて鍬（くわ）を振って、栄養を供給した土をかき混ぜる。

小さな子供の身体に、鍬は重たく感じられたけど、しかしその感触が私には新鮮だった。

前世ではもちろん、今世でもこんなことは絶対に許されなかったから。

『貴方は私の言うとおりにしていれば良いの』と口癖のように言われていた前世の記憶。

自由がない厳しい環境で生きていたからこそ、そんな教えを破るのが楽しくて仕方ない。

(今、私はいけないことをしている……!)

悪い喜びを胸に、鍬を振った。

土の声を聞き、働き者のミミズさんを見て目を細める。

前世で田舎育ちだったこともあって、虫にはまったく抵抗がない私だ。

(いいなぁ、畑仕事最高……!)

すくすくと育つ作物は、私の心を不思議なくらい癒やしてくれた。

「ミーティア様がどうしてそんなことを!?」とびっくりしていた農家の人たちも、一緒に農業しているうちにすっかり仲良くなって、毎日世間話をしながら一緒に鍬を振っている。

(これでおいしい野菜とそれを売ることによる収益が増えていく。寝てるだけでお金が入ってくる悪女らしい不労所得生活に向けて、私は着実に進んでいるのよ!)

私は計画が進行しているのを実感して、悪い笑みを浮かべた。

◇
◇

畑で鍬を振る幼い領主の姿が、領民たちにもたらした衝撃は大きかった。

農作業を低俗な仕事として軽んじているというのが、魔法国の貴族に対する一般的な認識だったからだ。

それも、自らの好感度を上げるためのアピールではない。

本気で、心から農作業を楽しんでいるようなのだ。

長身の侍女に、「もう日が暮れますから」と止められても、「嫌！　もっとやる！」とわがままを言っていたから間違いない。

ミミズを見つけてもまるで気持ち悪がらず、そっとつまんで土に返す姿に、領民たちは心を打たれずにはいられなかった。

まだ十歳だというのに、なんと心優しいお方だろう。

加えて、彼女が使う生活魔法は魔法国エルミアにおける一般的なそれとはまったく違っていた。

魔法式を幾重にも重ねがけすることで生まれる、低級である生活魔法の次元を超えた効果量。

何より、使用する回数と持久力が異常なのだ。

魔力消費が少ない生活魔法でも、使っていれば魔力を消耗していくのは自然なこと。

しかし、彼女の魔力はどんなに使っても底をつく兆しさえ見せなかった。

豊富な魔力を使って、何度も何度も同じ箇所に重ねがけをする。

荒廃していた土地がみるみるうちに、栄養をたっぷり含んだ豊かな土に変わっていく。

その光景は、さながら奇跡のように見えた。

領民たちは息を呑み、そして思った。

（この方にはやっぱり特別な何かがある……）

◇　◇　◇

魔法国エルミアの中心に位置する大王宮。

執務室で報告を聞いていたのは、瀟洒な礼服に身を包んだ若い男だった。

カイル・フォン・エルミア第二王子。

美しい容姿と人好きのする社交的な性格で幾多の浮名を流してきた彼を、愚物だと思っている貴族は少なくない。

しかし、彼らは知らなかった。

カイルが警戒されることを避けるために、意図的に愚かしく見える風評を流しているという事実を。

（この国は腐りきっている）

カイルは誰よりも冷静に国の裏側を見つめていた。

（腐敗した政治体制。王室さえ脅かす力を持つ《三百人委員会》。貴族たちは皆、私腹を肥やすこ

としか考えていない。そのせいでどれだけの民が犠牲になっているか）

適正値をはるかに超えた重税と圧政。

貴族が平民に行った暴力や犯罪については、もみ消されない方が珍しい。

しかし、この状況を変えるのが難しいこともカイルは理解していた。

（人を変えるのは容易なことではない。エルミアの貴族社会では現在の状況が常識として認識されてしまった。父――国王陛下も懸命に努力しているが、《三百人委員会》は既に国の中枢まで入り込んでいる）

そんな悪政のひとつの例が、リュミオール伯爵家が所有するリネージュとその周辺地域だった。

他の地域に比べて農業に向いていないこの地域。

その生産性の低さを貴族たちは領民の怠惰（たいだ）と決めつけた。

重税と圧政によって領民たちは疲弊し、最後には感染症が広がって絶望的な状況にあると言う。

領地から逃げ出したリュミオール伯爵家三男は、懸命に事態の隠蔽を図っているらしい。

（領民のことなんてまるで考えず自己の保身か）

その上、リュミオール伯爵家当主ラヴェルは、息子が領地を放棄したという事実を隠蔽するために、身代わりとして五女である娘を領地に送ったという。

魔法適性に何らかの問題があったらしいこの娘は、外に出ることも許されず屋敷の地下室に幽閉されているという噂があった。

（まだ十歳の娘を保身のために犠牲にする。むごい話だ）

それでも、そういう後ろ暗い話に驚けなくなってしまうほどに、エルミアの貴族社会は腐敗しきっている。

（変えなければいけない。どんな手を使ってでも）

カイルがリネージュの地に密偵を送ったのは、リュミオール伯爵領とその周辺地域における悪政と悪行の情報を収集するためだった。

決して聞きたい話ではない。

しかし、自分が聞かなければならないと思った。

そうでなければ、すべてが闇に葬られてしまう。

貴族が私腹を肥やす陰でどれほど惨たらしい事態が起きていたのか。

切り捨てられた地のことを、虐げられる弱者の声を聞くことができるのはもはや、自分だけなのだ。

それでも、戻ってきた密偵の話を聞くためには心の準備が必要だった。

渇いた喉を水で潤す。

ソファーに座って目を閉じ、深く息を吐いてから言った。

「聞かせてくれ」

戻ってきた密偵はうなずいた。

口が開かれる。

いったいどれだけ凄惨な光景が広がっていたのだろう。

「落ち着いて、冷静に聞いてください」

密偵は言った。

「リネージュの地における感染症問題は終息した模様です」

眉間に皺を寄せたままカイルは聞いていた。

数秒間の空白。

それから、困惑した様子で顔を上げた。

「…………え？」

密偵は集めてきた周辺地域の情報をカイルに話した。

カイルが状況を理解するまでに少なくない時間がかかった。

「いったいどうやってあの状況を……」

呆然とするカイルに密偵は言う。

「当地に領主代行として赴任したリュミオール家の五女が絶望的な状況を覆したとのことでした。馬車に積んでいた薬を配給し、彼女自身も常人の域を遥かに超えた回復魔法で五千人以上の領民を治療したとのことで」

「だが、現地に送られた領主代行はまだ子供だったはずでは」

「十歳の少女です。しかし、それをやってのけた」

沈黙が執務室を浸した。

その報告を理解し受け入れるためには、いくらかの時間が必要だった。

カイルは、密偵が伝えた内容を頭の中で想像してみた。

たった一人で凄惨な状況を覆し、領民たちを救った十歳の少女。

しかし、うまく想像することはできなかった。

あまりにも現実離れしている。

到底信じることはできない。

実際に、この目で見てみるまでは。

「馬車を用意しろ。至急、リネージュに向かう」

「しかし、今日はドゥーク侯と森で鳥を撃つ予定では」

「他の何よりも優先すべきことがある」

カイルは馬車に飛び乗って、リネージュに向かった。

◇　◇　◇

ほっかむりをかぶって鍬を振り、生活魔法をかけて荒れ地を開墾していたときのことだった。

「私に会いたいって人がいる？」

私の言葉に、ヴィンセントはうなずいた。

「はい。隣国の商会長と名乗る男です。ミーティア様の領主としての活動に興味を持ったとのことで」

「身元は確かなの？」

「精査できていません。別の人物が偽装して、私たちのことを探ろうとしている可能性もあります」

（誰かが私たちを探ろうとしてる……）

その情報に、私は胸の高鳴りを抑えられなかった。

こちら側を探りに来た謎の人物。

まるで物語の中みたいな緊張感あるイベント！

問題は、相手が貴族社会の人間だということだった。

最強の悪女として、調子に乗っている悪徳貴族どもをぎゃふんと言わせたい私だけど、今はまだ領地の再建に乗り出したばかり。

理想を形にできる力は今の私にはない。

（綺麗な薔薇（ばら）には棘があるものだけど、この棘を敵に悟られてはいけない。今はまだ）

私は思う。

（疑われない善良で平凡な領主を完璧に演じきってみせる……！）

決意を胸に、会談の場へ向かった。

◇

ミーティアを訪ねてきた隣国の商会長と名乗る男性。

出迎えたヴィンセントは、一目でその人物が何らかの嘘をついていることを見抜いていた。

（所作が洗練されすぎている）

伝説のエージェントとして活動する中で磨き上げた観察眼。

（爵位を持っていないというのは明らかな嘘。幼い頃から厳しい礼節の教育を受けている）

執事として恭（うやうや）しく応接室に案内しながら、男の様子を探る。

（歩き方を見るに、付き人は相当の手練（てだ）れ。緊急時には護衛役を任されている。ここまで優秀な護衛を伴っている時点でまず凡庸な人物ではない）

おそらく、日常的に周囲を警戒しなければならない環境下にいる人物。

（ウィッグで髪型を変えている。眼鏡にも度は入っていない。痩せた頬はメイクで演出したもの。洗練された技術。巧妙な変装）

悟られないよう観察を続ける。

その正体に気づいたのは、男を応接室に通した直後のことだった。
（この耳の形……まさか）
脳裏をよぎる記憶の残像。
諜報員として頭にたたき込んだ情報の一端。
（カイル・フォン・エルミア第二王子……）
息を吞む。
どうして、第二王子がミーティア様を訪ねてくるのか。
動向を探ろうとしているのは間違いない。
しかし、あまりにも動きが早すぎる。
目的もわからない。
（もし《三百人委員会》と繫がっていたとしたら――）
一歩間違えば取り返しの付かない事態を招く可能性さえある。
（ミーティア様にお伝えしないと）
向かいのソファーに座る主人にアイコンタクトを送る。
しかし、ミーティアの反応はヴィンセントがまったく想定していないものだった。
すべてを見通しているかのような落ち着いた表情と小さなうなずき。
（気づいている……！　私より早く……！）

興奮が抑えられなかった。

やはりただ者ではない。

まだ十歳の子供にもかかわらず恐ろしいほどの観察眼。

（ミーティア様なら、安心して任せられる）

ヴィンセントは落ち着いた所作で会話を始めた主人を見て、目を細めた。

◇　◇　◇

卓越した頭脳を持つ私は、その人物がただ者ではないことを部屋に入ってきた瞬間に見抜いていた。

高そうな仕立ての良い服に、きらびやかな装飾品。

連れだった優秀そうなお供の人。

間違いない。

（この人めちゃくちゃお金持ちの人だ！）

隣国の商会長とのことだけど、それはもう大きな商会を経営しているのだろう。

しかし、お金をたくさん持っているということはそれだけ強い影響力のある人物だということ。

（悪徳貴族と繋がっている危険な人物である可能性も高いわね）

絶対に野望を悟られてはならない。

細心の注意を払いつつ、質問に答える。

装うのは世間知らずで一生懸命な子供領主。

悪徳貴族たちが警戒する必要が無い無能な姿を自然に演出する。

「私、歴史と伝統ってすごく大切だと思うんです。上の世代の人たちがたくさんがんばってくれて今があるので、この国は今の体制のまま繁栄していくべきだなって」

商会長は探るように私を見つめた。

それから、いくつか私に質問をした。

「病に苦しむ領民を救ったのはどうしてですか？」

「領民がいなければ税収を上げることはできません。魔法国に奉仕する一領主としてそうするべきだと思いました」

「どうして税額を引き下げたのですか？」

「一時的な措置です。本当は周辺地域と足並みを揃えて高い税額を維持するべきなのはわかっているんですけど、領地の人たちが感染症で困窮していたので」

「何故農業に力を入れるのですか？」

「生産高を増やして長期的な税収を上げることで、偉大で素晴らしい魔法国の一員としての務めを果たすためです！」

それっぽい回答をして追及をかわす。

印象的だったのは、その後に商会長が放った問いかけだった。

「この地の人々はそのほとんどが魔法適性を持たない劣った人々です。彼らをどうして救う必要があるのか。とても不思議なのですが」

(出た……！　貴族にありがちな差別主義思想……！)

リュミオール家とその周辺では当たり前だった考え方。

お父様なんて百億回くらいその類(たぐ)いのことを言っていて。

だからこそ、私は胸の奥に熱い興奮を感じていた。

(なんて俗悪で惰弱！　信念がなく人を見下して悦に浸ってる半端な悪徳貴族！　殴り甲斐しかない！)

再確認する。

こういう貴族社会の連中こそ、本物の悪女である私がぶっ飛ばしたい最高の相手。

(落ち着け。悟られないよう、冷静に)

私は紅茶を一口飲んでから言う。

「税収源として魔法国に貢献することができますから。救う価値はあると私は考えます」

建前を口にしながら、心の中で拳を握る。

(おごり高ぶってる差別主義者の貴族ども……！　絶対にぶっ飛ばしてボコボコにしてやるわ！)

密かに決意をしつつ、私は警戒されないよう凡庸な子供領主としての演技を続けた。

◇　◇　◇

会談の後、王都に戻る馬車の中でカイル・フォン・エルミアは帽子を脱いでウィッグを外す。

リネージュの地を救った十歳の領主。

魔法国貴族社会における常識から外れない回答を、徹底的に続けたその姿は、カイルの脳裏に強く焼き付いていた。

「どのように感じられましたか？」

付き従う護衛騎士の言葉に、カイルは物憂げに息を吐いた。

「見事なものだったよ。彼女は本当のことをひとつも言わなかった」

カイルは言う。

「冷静に自分をコントロールしていた。相手が俺でなければ、それが嘘だと気づくことさえできなかっただろう」

「どうして嘘をついていると？」

「わかるんだ。ずっと嘘つきに囲まれて育ってきたから」

馬車の座席に深く腰掛けて続ける。

「何より興味深かったのは、リネージュの人々を劣った人々と呼んだときの反応だ。一瞬彼女は冷静さを失った。本物の感情——怒りがそこに垣間見えた」

「私も一瞬ぎょっとしましたけどね。カイル様も遂に、そういう人になってしまったかと」

「演技にあまりにも隙が無かったから、ああでもして揺さぶるしかなかったんだよ。正しい方法ではなかったと反省している」

　カイルは目を伏せてから言った。

「だが、あの反応で確信することができた。とんだくわせものだぞ、あの娘は。巧妙に本心を隠しながら、この国が狂っていることを誰よりも理解している。そして力を蓄え、何らかの方法でこの国を変えようとしている」

　口角を上げて続けた。

「動向は逐一報告しろ。これは第二王子としての命令だ」


　一週間後、ミーティアが住む屋敷に届いたのは大きな箱だった。

　送り主の名は無く、青いアイリスの花が一輪添えられている。

　シエルとヴィンセントは届いた箱をいぶかしげに見つめた。

　どこの誰が、どういう意図でこれを送ってきたのか。

　純粋に善意と捉えるには、二人は人の悪意に触れすぎている。

「私が確認します。シエルは離れていてください」

ヴィンセントは警戒しつつ、箱の外部を注意深く点検していく。

（ひとまず外部に危険な兆候はない。添えられているのは青いアイリス。花言葉はたしか信念と希望）

箱に耳をあてる。

中から音はしない。

（爆薬の類いではない、か。あるとすれば毒ガスや細菌兵器）

細心の注意を払いつつ、箱を開けたヴィンセントは中に入っていたものを見て唇を引き結んだ。

（保存が利く食料……）

頭をよぎったのは毒が入っている可能性。

少量を手に取り、口に含んで毒の有無を確認する。

エージェント時代に行われた訓練によって、ヴィンセントは二百種類以上の毒薬への耐性を獲得している。

（毒は入っていない）

そこまで確認して、ようやくそれが善意によって送られたものである確率が高いことを理解した。

（いったい誰が……）

詰められた保存食の種類から、送り主は高い地位にいる人間である可能性が高い。

そして、そこに該当する人物にヴィンセントは心当たりがあった。

（第二王子殿下……！　まさか、先の会談でミーティア様のことを気に入って支援を）

仕事に熱心でない遊び人として知られ、国内での評価は低い第二王子だが、実際に目の前で見た彼は噂通りの人物には見えなかった。

（おそらく、不真面目な振る舞いは《三百人委員会》に警戒させないため）

そしてたった一度の会談で、第二王子殿下の信頼を勝ち取った主人のことを思って、頬をゆるめた。

（どんなに不遇な扱いをされても、あきらめずにずっと勉強を続けてましたね）

太陽が射さない埃っぽい地下書庫。

鍵付きの部屋の中で幽閉されながら、ずっと本に向かい続けていたその姿は、ヴィンセントの目に強く焼き付いていた。

（ミーティア様。貴方の努力は今、着実に実を結んでいますよ）

◇　◇　◇

（差出人不明の食料、こわ……）

届いた大きな箱を、ミーティアはうろんな目で見つめた。

ヴィンセントから安全なものだと聞かされても、むしろその善意が恐怖を助長した。

（送り主って絶対この前会った商会長さんでしょ。貴族社会にたくさんいる無自覚系差別主義者を演じた私を気に入るとか、本物のやばいやつじゃない……）

どう考えても仲良くなれる相手じゃないと思うミーティア。

彼女は、商会長の正体が第二王子殿下であることにまったく気づいていなかった。

（送り主を書かずに青い花を添えるセンスも大分痛いわ。ただのやばい人じゃない。痛くてやばい人よ）

きっとモテたくてロマンス小説で女子の好みを勉強した結果、かなり痛いことになってしまったのだろう。

お金持ちに生まれたせいで、誰も止めることができずに誕生してしまった悲しきモンスターなのだ。

（できるだけ関わらないようにしましょう）

ミーティアは、背筋に冷たいものを感じつつ思った。

一ヶ月が過ぎた。

私は腐った貴族たちをぶっ飛ばすかっこいい悪女のポーズを考えてにやにやしたり、ほっかむりをかぶって荒れ地の開墾をしたりしながら、何にも縛られない自由な生活を満喫していた。

しかしその一方で、周辺地域を治める領主達が、リネージュで行われていることに気づき始めているのを私は感じていた。

感染症の蔓延を防ぐために往来が制限されていたおかげで、情報が広まるのを遅らせることができていたのだけど、終息に伴って状況は変わりつつある。

どういう風に動いてくるかわからない。

加えて、競争力のある産業を作り出して領地経営を健全化する上でも、周辺地域との交流は必要不可欠。

私は周辺地域とその領主について、ヴィンセントに調査をお願いした。

調査資料ができあがったのはその二日後だった。

「どこもひどい税額……搾り取れるだけ搾り取ろうとしてるって感じね」

「その分領主たちは相当量の隠し資産を貯め込んでいるようです。共謀し、領民を刺激しないよう注意しながら少しずつ税額を上げ続けて今の状況が形成されたようでした」

ヴィンセントは言う。

「まず警戒すべきは周辺地域で強い影響力を持つ領主たちですね。先代から強固な地盤を維持しているヒルトン子爵と、現当主になってから存在感を増しているシャルリュス子爵。この二人のどちらかを敵に回すと、周辺地域すべての領主が敵になると考えて良いと思われます」

「裏を返すと、この二人のどちらかを味方につければ、周辺地域の領主からの反発を抑えることができる」

「その通りです。簡単に切り崩せる相手ではないですが、仕掛ける価値はあります」

うなずくヴィンセント。

「加えて、注意すべきは魔法国第三議会ですね。東部地域を統括するこの議会は、リネージュ周辺地域に対しても極めて強い行政権限を持っている。彼らの意に背いた領主が議会に査問を受け、領主の地位と権限を剝奪された例も多くあります」

「リネージュの領主として領地経営をする上でも、気をつけないと地位と権限を剝奪される可能性がある、と」

「そういうことになります。とはいえ、まずは周辺地域の領主たちへの対応が先決ですね。あと数日いただければ、より詳細な情報をお伝えできるかと」

落ち着き払った口調で報告してくれるヴィンセント。

さすが《優雅で完全なる執事》と言わざるを得ない完璧な仕事ぶり。

何より、細部にあふれ出るプロフェッショナル感がすごかった。

気を抜くと忘れそうになるけれど、ヴィンセントは本物のエージェントでは無い。

小説の中のエージェントに憧れて、本気でごっこ遊びをしているだけなのだ。

にもかかわらず、この圧倒的な完成度。

本物を見たことがないから判断できないけれど、もはや本物を超えているのではとさえ思えるほど。

（すごいわ……かっこいいわ！）

同じ趣味を持つ一人として、ヴィンセントのエージェントに対する憧れの強さに感動せずにはいられない。

こんなに仕事が出来る大人の男性なのに、全力でエージェントなりきりを続け、一切の妥協をすること無く高みを目指しているのだ。

一般的な価値観から考えると変だと思えるような行動。

でも、だからこそかっこいい。

年齢や人の目を気にせず、自分の『好き』に純粋な姿勢が私の胸を打つ。

（ヴィンセントに会えてよかった。本当に素敵な人だわ……）

改めてヴィンセントの偉大さを再確認する。

加えて、シエルもヴィンセントの助手としてがんばってくれているらしい。

「先日初めて潜入のお手伝いをしたんですけど、スリル満点で本当に楽しくて。いけないことをしてる背徳感というのでしょうか。なんだかくせになっちゃいそうです」

興奮した様子でシエルは言う。

「難易度的にも、幽閉されてたミーティア様にこっそり会いに行くのと変わらないなって感じて。もしかしたらこういうの、向いてるのかもしれないです」

毎日のように私への差し入れを持ってきてくれていたけれど、まさかそれがシエルの技術習得に繋がっていたとは。

「素晴らしいわ、シエル。貴方の力で計画はひとつ先の段階へ進んだ。誇りに思いなさい。最強の悪女であるこの私が貴方の努力を称（たた）えて——」

近くにあった木箱の上に立って、かっこいいポーズで言っていたそのときだった。

木箱に穴が開いて私は頭から転倒した。

目の奥で火花が散った。

涙で視界がにじんだ。

「シエルぅぅ、木箱さんがいじめたぁぁぁ！」

私は泣いた。

シエルはやさしく頭を撫でてよしよししてくれた。

思うようにいかないこともある。

だけどそれも含めて、十分すぎるくらいに心地良く平和な毎日。

（今日もとっても楽しかった。明日ももっと楽しい日になるといいな）

悪女らしく強欲なことをベッドの中で思って頬をゆるめる。

　しかし、異変が起きたのはその翌日のことだった。

「井戸に獣の死体が投げ込まれていたんですか？」

　私の言葉に、いつも一緒に鍬を振っているナディアおばあちゃんはうなずいた。

「それも、領主様が使用する可能性のある井戸が重点的に狙われていました」

「私に対して恨みのある方の犯行ですかね」

「領地の中にミーティア様に対して恨みのある者なんているとは思えません。みんな、本当に感謝しているので」

「ありがとうございます。そう言ってもらえてうれしいです」

　目を細めつつ、小声でヴィンセントに耳打ちする。

「ヴィンセントは気づいた？」

「犯人を追跡し、雇い主につながる手がかりを入手したところです。数日中には、首謀者を特定できるかと」

「さすがね。ありがと」

　こういった類いの嫌がらせがあることを私たちは予想していた。

　常軌を逸した重税が当然のものと考えられているこの国で、リネージュだけ適正額まで税額を引き下げたのだ。

　この情報が広まれば、他の地域の領主に対して領民たちの不満は強くなる。

足並みを揃えるよう圧力をかけるのは当然のこと。

まして、相手は子供なのだ。

少し脅せば世間知らずの小娘一人、簡単に言うことを聞かせられると思っているのだろう。

遂に始まった悪徳貴族の攻撃。

私はにやりと口角を上げて言った。

「本当の悪というのがどういうものなのか、教育してあげましょう」

リネージュの北に隣接したシャルリュス子爵領。

子爵家当主であるエドワードは、警戒心の強い男として知られていた。

一挙手一投足に細心の注意を払い、決して敵対者に隙を見せない。

臆病で疑い深い性格は、貴族社会で生き抜く上で有利に働いた。

彼は周辺地域の領主の弱みを握り、絶対に逆らえない状態を作って着実に地盤を固めた。

その一方で、巧妙に偽装を重ねた上で違法な奴隷売買や薬物の裏取引で巨額の利益を得ていた。

（ミスを犯した無能から消えていく。ここはそういう世界だ）

エドワードは敗者を心の底から軽蔑していた。

勝たなければ努力も過程も何の意味も持たない。

この世界は結果がすべてであり、結果を出せない者に生きている価値はない。

その考え方を彼は両親から教わった。

シャルリュス家ではそれが当たり前の考えであり、正しい教えだった。

盤石な領地経営を続けていた彼にとって、リネージュに新しくやってきた領主代行は視界にさえ入らないような存在だった。

魔法国屈指の名家であるリュミオール家。

しかし、リネージュの地はリュミオール伯爵領の中でも極めて価値が低い。

当主は荒廃したその地にまるで関心を持っていないし、領主代行を務めていた三男も取るに足らない暗愚だった。

感染症の流行と治安の悪化。

慌てて逃げ帰った三男の代わりに領主代行になったのは、まだ十歳の五女だという。

彼女には、魔法適性に何らかの問題を抱えているという噂があった。

(この地を見捨てていないという体裁作り。娘がそこで死ねば、責任を追及された際に有利に働く)

リュミオール伯の意図は大体そんなところだろう。

エドワードにとっては悪くない状況だ。

機を見てリュミオール伯に恩を売れば、国内での影響力を強くすることができるかもしれない。

しかし、事態はエドワードが想定していない方向に進んでいった。

「伯爵家の五女が、リネージュの地を立て直した……？」

にわかには信じられない情報だった。

直後に行った調査でわかったのはそれが紛れもない真実であること。

そして、領主代行を務めるミーティア・リュミオールは魔法と政策によって本気でリネージュを豊かな地に変えようとしているということだった。

（長期的に見れば最善に近い数字に設定された税額。無批判に慣習に従う他の貴族とは違う。自分を信じる強さと極めて優れた頭脳を持っている）

何より、驚異的だったのは彼女がまだ十歳の少女だということだった。

おそらく、ギフテッドと呼ばれる類いの突出した才能。

（末恐ろしい。このまま成長すれば、いったいどのような存在になるのか……早急に対処する必要がある）

魔法国においてリネージュは極めて価値の低い土地だ。

辺境にあることもあって、魔法国内で彼女がリネージュを救ったことはまだ知られていない。

しかし、それも時間の問題だった。

彼女が類い希な能力を持つことは、間違いなく周辺地域中に広がる。

そうなってしまえば、人々は周辺地域の貴族が行ってきた今までの領地経営に疑いを持つかもしれない。

裏でエドワードが主導し、反発が起きないよう、段階的に少しずつ上げてきた税額にも疑問の声が上がる可能性があった。

問題の火種は手遅れになる前に刈り取らなければならない。

隣接するクィレル男爵家の犯行に見せかけて、獣の死体を井戸に投げ入れた。

細部に至るまで徹底的に行った偽装工作。

優秀な少女は彼が狙ったとおり、裏で手引きしているのが男爵家だと当たりをつけたらしい。

嫌がらせに対処するために協力してほしいと申し入れてきた。

(後は信頼を勝ち取りうまく取り入って弱みを握れば――)

少女を傀儡にするための計画を立てて笑みを浮かべる。

迎えた会談の日。

ミーティア・リュミオールは想像していたより小柄な少女だった。

赤と黒のドレスを身に纏い、優雅な所作で一礼する。

十歳の子供であるにもかかわらず、彼女の動きには気品と落ち着きがあった。

隣には、姿勢の良い執事と侍女が静かに控えている。

「本日はよくお越しくださいました。どうぞこちらへ」

応接室に案内する。

「お忙しい中、お時間を作っていただいてありがとうございます」

ミーティアは言った。

「実は、エドワード様に相談したいことがありまして」

「伺っています。リュミオール伯のお嬢様に相談いただけるというのは、私としても光栄ですよ。何せ、リュミオール家は魔法国屈指の歴史と伝統ある名家ですから」

「いえ、私はエドワード様の方がずっとすごいと思います。リュミオールは近年斜陽気味。対して、シャルリュス家はエドワード様のお力で目覚ましい発展を遂げている。本当に優秀な方だというお噂を伺っています」

「運が良かっただけですよ。能力で言えば、リネージュの地を感染症から救ったミーティア様の方がずっとすごい」

エドワードは穏やかに微笑んで親しみやすさを演出する。

「それで、相談というのは何でしょう？　私にできることでしたら、どんなことでも協力させていただきます」

「実は、領地の井戸に獣の死体が投げ入れられるという事態が起きていまして」

ミーティアは事の次第を話した。

すべて知っていることだったが、エドワードは身を乗り出してうなずきながら聞いた。

「それはとても恐ろしい……大変怖い思いをされたのではないかと思います……」

「井戸には死体と一緒にこれが投げ入れられていました」

ミーティアは古びたナイフをテーブルに置く。

「クィレル領の鍛冶師によって作られたものです。この方の工房はリネージュの近くにはない。加えて、犯人に仕事を依頼した男はクィレル領の商会とつながりがあることを確認しました」

「クィレル領の中に犯人がいる可能性が高い、と」

「ええ。なので、この辺りに強固な地盤を持つエドワード様のお力をお借りするのが最善と判断しました」

ミーティアの言葉に、エドワードは心の中で口角を上げた。

（かかった）

優秀な彼女は、彼の計画通りクィレル男爵家が怪しいと睨んでいる。

「お任せください。ただ、協力する上でひとつお伝えしておきたいことがありまして」

エドワードは言う。

「リネージュの地では、代々当主と商会の間で収賄（しゅうわい）が行われているという噂がありました。実はその証拠が周辺地域の領主に流出しているようなのです」

エドワードは収賄の詳細が記録された紙を大理石のテーブルに置く。

ミーティアは視線を落として息を呑んだ。

「こんなことが……」

「事実が明るみに出れば、リュミオール家の名に傷が付きます。他地域の領主を刺激しないためにも、領地の経営はしばらくの間、周辺地域と足並みを揃えて行う方がいいかもしれません。前例がないことをするのはリスクも伴いますしね。失敗したとき、すべてミーティア様が悪いということになってしまいますから。貴方の未来を考えても、それは避けるべきです」

ミーティアは記録に視線を落としたまま顔を俯(うつむ)けていた。

前髪が目元を覆っている。

深く息を吐いてから、言った。

「父と兄が行っていた不正、とても恥ずべきことだと思います。その上で、ひとつエドワード様にご相談したいことがあるのですが」

「ご相談？　なんでしょう」

「まずはこちらの資料を見ていただければと。ヴィンセント、出して」

「承知いたしました」

傍に控えていた執事が紙の束をテーブルに並べる。

（いったい何の資料だ？）

視線を落として、エドワードは絶句した。

（なん、で……）

脱税、贈収賄、奴隷売買、違法薬物の取引……絶対に表に出ないようにエドワードが行ってきた違法行為の記録がそこに並んでいる。

「ど、どこでこれを」

「エドワード様の寝室にある隠し金庫です。だって、他の証拠はすべて徹底的に抹消されているでしょう？」

「ありえない。あのセキュリティを突破できるわけが」

「ついでに金庫に入っていた金塊も持ち出させてもらいました。随分貯め込んでましたね。すごいなって感心しちゃいました」

「な、何を言っている……！　そんなものはない……！」

声にはかすかなふるえが混じっていた。

ミーティアはにっこり目を細める。

「こちら、私が金塊と一緒に記念撮影している写真です」

魔導式の撮影機で撮られた写真。

そこには、ミーティアと侍女と執事がエドワードの金塊を手に、楽しげにピースをして写っていた。

想像さえしていない状況。

エドワードは頭の中が真っ白になる。

「自分が何をしているのかわかっているのか……！　犯罪行為だぞ」

「目的のためには手段を選ばないのが私のやり方です。このお金の半分は周辺地域の人々の生活を豊かにするために使わせてもらいますね。そして、もう半分は私の言うことを聞けば少しずつ返してあげましょう」

「弱みを握って私を傀儡にするつもりか……」

「ええ。貴方が私にしようとしたように。クィレル男爵家の犯行に見せかけるのは悪くないアイデアでしたが、相手が悪かったですね」

ミーティアは不敵に笑みを浮かべて言う。

「貴方のような小物とは違うんです。何せ、私は本物の悪女ですから」

(私の考えを読んで……)

後頭部をおさえるエドワード。

思考が追いつかない。

事実を事実として受け止められない。

(どこから情報が漏れた？　内部に裏切り者がいる？　いや、ありえない。裏切り者がいたとしても、この少女に手を貸す理由がない)

魔法が使えない者に対する援助と支援政策――貴族社会の慣例と常識に反発しているこの少女に協力するというのは明らかな愚行。

味方になる人間がいるとは思えない。

しかし、事実として少女はエドワードの策略の上を行き、致命的な弱点を押さえて絶対に逆らえない状況を作っていた。

屋敷には六通りの魔術結界を張り巡らせている。警備態勢は万全である上、隠し金庫についてはエドワード以外誰も知らないはず。

にもかかわらず、隠し資料は彼女の手の中にある。

写真の中の彼女は金塊を手に、にっこり目を細めている。

注意深いエドワードが侵入されたことにさえ気づけなかった。

（いったいどのような方法でこんなことを……）

考えれば考えるほど混乱が深まっていく。

（何者なんだ、この子は……）

常人離れした頭脳を持ち、敵対者を罠にはめて支配する。

まだ十歳の子供なのに、その策略は既にエドワードよりはるかに上。

魔法国貴族社会を根底から変えかねない驚異的な資質をこの子は持っている。

（なんという才能……）

どのくらいの間黙り込んでいたのかわからない。

長かったような気もするし、それほど経っていなかったのかもしれない。

しかし、どれだけ考えても導き出せる結論はひとつだけだった。

口を開く。声はふるえている。

「わかりました。私は貴方に従います」

「あー、楽しかった！　やってやったわね、みんな」

「ええ。とても痛快でした」

目を細めるシエル。

悪徳子爵であるエドワード・シャルリュスに完全勝利し、私たちは帰り道の馬車で勝利の美酒に酔っていた。

「またひとつ、世界が私のものに近づいたわ」

優雅にグラスを揺らして、真紅のそれで喉を潤す。

甘口のブドウジュースは、ワインに見た目がそっくりなこともあって、悪女っぽい飲み物として私が深く愛している逸品だ。

「そうですね。お見事でした」

グラスを手に微笑むヴィンセント。

飲んでいるのは私と同じブドウジュース。

お酒を飲んでもいいと伝えたのだけど、ヴィンセントはエージェントとしての任務に必要な場合を除けば、いつ如何なる時もアルコールの類いは口にしないのだと言う。

『他の何よりも職務を優先する。それがプロフェッショナルとしてのあり方だと私は考えます』

なんという素晴らしい職業意識。

しかも、ヴィンセントは本物のエージェントではなく、それに憧れるファンの人でありながらここまで徹底して大人のごっこ遊びをしているのだ。

フィクションの登場人物に強い憧れを持つ仲間として、なんて尊敬できる姿勢だろう。

その上、今回は警戒心が強く慎重なことで知られるエドワード・シャルリュスを、完璧に攻略してしまった。

『こちら、不正の証拠資料です。貯蔵されていた金塊も持ち出しておきました』

そう報告されたときはびっくりしてしまった。

エージェントごっこを楽しんでもらえるように、それっぽく調査を指示していたけれど、まさか本当に見つけてきてしまうとは。

『でも、シャルリュス家の屋敷って魔術結界が何重にも張り巡らされてるって話じゃ』

『あのレベルの結界であれば、侵入する方法はあります』

『隠し金庫も普通見つけられないし、開けられないと思うんだけど』

『あの手の者が設置する隠し金庫には傾向がありますから。今回は絵画の裏という比較的一般的な隠し場所でした。金庫は特別製のものでしたが、私の技術なら数分で開けられます』

（す、すご……）

さすがリュミオール家で最も仕事が出来る《優雅で完全なる執事》

エージェントごっこの精度も規格外。

なりきりの質感がすごすぎて、気を抜くと本物の凄腕エージェントなんじゃないかと思ってしまうくらい。

さらに、シエルも彼の助手として立派な戦力になってくれている。

「本当に気持ちよかったです。侍女として働く中で平民だからといじめられて傷ついた心がすっと楽になるというか。何より、お腹を痛めて産んだミーティア様のためなら、私はどんなことでもがんばれるので」

最後の方はよく聞こえなかったけれど、うれしそうな表情に私の胸もあたたかくなる。

「この調子でどんどん悪徳貴族をぶっ飛ばしてやりましょう」

「お任せください」

「目に物見せてやります」

三人で笑い合う。

なんだか、心の距離が縮まった気がする馬車の中だった。

◆　◆　◆

魔法国エルミアの裏側で暗躍する陰の組織、《三百人委員会》
王室を脅かす規模の財と力を持つこの組織の中で、リュミオール伯爵家当主ラヴェル・リュミオールは最高幹部の一人を務めていた。

十三人いる最高幹部の中で、序列は十二番目。

御三家と呼ばれる名門公爵家や財閥関係者も多く所属する中で、この順位は決して悪いものではないのだが、ラヴェルは現状に不満を感じていた。

自分の能力と資質に見合うのはさらに上の立場。

にもかかわらずこの序列に甘んじている原因は何か。

（出来損ないの娘と劣等種どもが私の足を引いている）

魔法適性が人間のすべてを決定するという《三百人委員会》の思想。

魔法適性を持たない者が住むリネージュを領地として所有しているリュミオールの家は、組織の中で不利な立場にあるとラヴェルは考えていた。

加えて、通常魔法の適性を持たずに生まれた五女の娘。

持てるすべての力を尽くして行った隠蔽工作にもかかわらず、彼女が生活魔法以外使えない無能であることを《三百人委員会》の者たちは知っていた。

『我々にわからないことはありません。隠し事はしない方が賢明だと思いますよ』

組織内で序列三位に位置する公爵家当主——アレクシス・ローエングリンは言った。

最高幹部の一人であるラヴェルでもその力の全容を掴みきれない巨大組織。

だからこそラヴェルはさらに上の立場を欲したし、そこに近づくためにはどんなことでもした。

自らの経歴に傷が付かないように娘を地下室に閉じ込めた。

組織によって新種の細菌兵器が開発され、試験運用の地を探していることがわかると、ためらいなくリネージュを差し出した。

重篤な感染症を引き起こす細菌兵器。

自らの足を引く劣等種を処分しながら、組織の中での貢献度も上げることができる。

表世界での体裁を保つために、出来損ないの娘も当地に送り込んだ。

一族の恥を処理するのと同時に、娘を失いながら懸命に領地を守ろうとした当主として自らの価値も高めることができる。

すべては彼が思い描いていた通りに進んでいた。

(これで足を引く無能どもを処理し、私はさらに高みに昇ることができる)

胸を焦がす希望。

薄紙のようなグラスを揺らして、ワインで喉を潤す。

調査に派遣した私兵が報告のために入って来たのはそのときだった。

（領地が病におかされ憂いている姿を演じなければ）

内心の喜びを隠し、傷ついている姿を演出する。

「報告が遅くなってしまい申し訳ありません。感染症が猛威を振るうリネージュでは、信頼できる情報を入手することが難しく、時間がかかってしまいました」

「構わない。あまり良い知らせでもないだろうしな。この世は不条理と悲しみに満ちている」

ラヴェルは深く息を吐いてから言う。

「リネージュはどうなっている？」

私兵はうなずいて言った。

「ミーティア様がやりました……！　リネージュは感染症を乗り越え、立ち直ろうとしている模様です」

「…………は？」

ラヴェル・リュミオールは私兵の報告が信じられなかった。

そんなことがあり得るとは思えない。

しかし、並べられた報告書はたしかにそれが真実であることを示していた。

「信じられなくて当然の話だと思います。私もそうでした。だからこそ当地に赴き、丁寧に裏取りを行いまして――」

私兵の言葉は異国の知らない言語のように感じられた。

揺らぐ視界。

激しい混乱。

築き上げた出世への道ががらがらと音を立てて瓦解しつつある。

私兵が去った後、一人の部屋でソファーにもたれて天井を見上げた。

(なんてことをしているんだ、あの無能は)

魔法適性を持たない人間に生きる価値はない。

誰でも知っている常識さえ理解できない、救いようのない出来損ない。

その上、今は小賢しい知恵を使って劣等種への税額を引き下げようと動いているという。

すべてが貴族社会の常識に真っ向から刃向かう愚行。

何を考えているのか、まったく理解できない。

何より、娘が劣等種の味方をしているという事実は、《三百人委員会》におけるラヴェルの地位を揺るがす可能性があった。

(早急に手を打たなければ。組織にこの事実が発覚する前に)

部下に指示を伝えようと私室を出たそのときだった。

「ラヴェル様。お客様が」

老執事の言葉に、ラヴェルは吐き捨てるように言った。

「今は忙しい。後にしろ」

「しかし、アレクシス様をお待たせするのは」

「アレクシス様……!?」

告げられた名前にラヴェルは激しく動揺した。

魔法国の陰で暗躍する《三百人委員会》
組織内で序列三位に位置する公爵家当主――アレクシス・ローエングリン。

(絶対に事態を悟られるわけにはいかない)

懸命に心を落ち着け、普段通りを装って挨拶をした。

「よく来てくださいました。本日はどのような御用向きでしょうか」

「少しお話を伺いたいと思いまして。我々が進めている実験について」

アレクシスは言う。

「貴方の所有する辺境の領地、リネージュにおける細菌兵器実験。我々が作り出した感染症の状況はどうなっていますか？」

「それは……」

ラヴェルは内心の動揺を悟られないよう意識しつつ言った。

「問題ありません。順調に進んでいます」

「なるほど。興味深いご意見です」

アレクシスはラヴェルを見て目を細めた。

「私が収集した情報によれば、リネージュにおける感染症問題は既に終息したということですが」

その言葉に、ラヴェルは頭の中が真っ白になった。

以前彼が言った言葉が頭の中で反響する。

『我々にわからないことはありません。隠し事はしない方が賢明だと思いますよ』

響きには冷たく恐ろしい何かが混じっているように感じられる。

「貴方は問題ないとおっしゃいました。しかし、現実として感染症問題は終息している。事実上我々の実験は失敗に終わったわけです。にもかかわらず貴方は順調に進んでいると言う。不思議な話です。可能性がいくつか考えられますね」

アレクシスは言う。

「まず、貴方が我々を裏切っているという可能性。なかなか見事な手際だと言わざるを得ません。私も見事に騙されてしまったというわけです。この場合、我々はどんな手を使っても貴方に代償を払わせなければならないわけですが」

「とんでもございません。私は裏切っていない。誓って真実です」

「そうですか。安心しました」

アレクシスは静かにうなずいてから続けた。

「では次に、本当に感染症問題が終息したという事実を知らなかったという可能性。能無しと言わざるを得ませんが仕方の無いことではありません。能力が無いのは罪ではありませんから。最後に、感染症問題が終息したことを知った上でそれを報告せず隠蔽しようとした可能性。救いようのない無能と言わざるを得ませんが、仕方の無いことではあります。救いようのない無能であることは罪ではありませんから」

アレクシスはにっこり目を細めて言った。

「リュミオール伯。貴方はどうして順調に進んでいると仰ったのですか？」

ラヴェルはしばしの間押し黙ってから言った。

「本当に知らなかったのです。申し訳ありません」

「まだ救いようのある方でしたか。よかったです。安心しました」

アレクシスは言う。

「では、リュミオール伯に私からリネージュで起きていることについてお伝えしましょう。貴方が領主代行として送った娘——ミーティア・リュミオール。彼女が感染症問題を終息させたのです。その上、わずかな期間で領民の信頼を集め、税制と農地の改革に踏み出しているとか」

「申し訳ございません。出来損ないの娘が勝手なことを——」

「出来損ない？　とんでもない。彼女はまだ十歳なのですよ。見事なものではないですか」

アレクシスは微笑んで続けた。

「私は彼女を高く評価しています。行っている税制と農地の改革にもたしかな知識の裏付けが感じられます。何より、たった一人でこの国の貴族社会に反旗を翻そうとしている。素晴らしい志ではないですか。もし今後も活躍を続けるようであれば、私は彼女を組織の中で取り立てることも検討したいと思っています。ただ、その場合は最高幹部から退いてもらう方もいるかもしれませんね。十歳の少女に能力で劣るような人は組織の最高幹部にふさわしくありませんから」

「あれは無能な役立たずの娘です。能力で劣る最高幹部は一人もいません」

「そうですか。では、楽しみに見守ることにしましょう」

アレクシスは言った。

「良い働きを期待していますよ」

屋敷を出るアレクシスを見送りながら、ラヴェルの頭の中は娘への怒りでいっぱいだった。

(娘が、親の足を引くなんてあってはならない)

握りしめた拳から血が流れる。

すべてあの出来損ないのせいだ。

無能が勝手なことをしたために、細菌兵器の実験は失敗し、自分はその責任を取らされる可能性さえ出てきている。

何より、魔法適性を持たない者を人間として扱おうとする危険思想。

あの娘がリュミオール家にいるという事実は、貴族社会における一族の地位に致命的な損害をもたらす可能性がある。

（これ以上噂が広がる前に叩き潰さなければ……！）

ラヴェルはミーティアを消す方法を考える。

感染症を終息させた領主代行の娘を呼び戻して亡き者にするためには、周囲を納得させられる大義名分が必要になる。そのためにはまず、彼女の領地経営に問題があることを対外的に示す必要があった。

そして、それができる手段をラヴェルは持っている。

魔法国第三議会。

東部地域における有力者からなるこの議会は、リネージュの地に対しても極めて強い影響力と行政権限があった。

ラヴェルはつながりの深い第三議会の貴族たちを呼びつけて言った。

「金は言い値で払う。どんな手を使ってもいい。あの役立たずを潰せ」

第三章 ✦ 第三議会掌握計画

「井戸に獣の死体が投げ入れられていた……!?」

数日前に起きたその事件がリネージュの暴徒たちにもたらした衝撃は大きかった。

感染症が蔓延し猛威を振るう中、暴力に訴えることしかできなかった自分たちを救ってくれた新しい領主。

まだ十歳の子供であるにもかかわらず、その領主としての資質には驚くべきものがあった。

規格外の魔力と回復魔法による感染症の終息。税率を引き下げたことにより領民たちの生活は改善され、荒れ地の開墾によって絶望的だった農業生産高にも希望の光が見え始めている。

何より、魔法を使えない者に対しても、同じ目線で向き合うやさしく真っ直ぐな心。

薄汚い野良犬を見るような目を向ける他の貴族とはまったく違う。

この人がいればもしかしたら――

そんな風に将来への期待を持つことさえできるくらいで。

だからこそ、暴徒たちはその一報に激しい憤り(いきどお)を覚えることになった。

（周辺地域の貴族どもの仕業に違いない。ミーティア様になんてことを……許せねえ）

暴徒たちに難しいことはわからない。

しかし、自分たちの恩人が攻撃されているのを黙って見ていられる彼らではなかった。

「立ち上がるぞ。貴族どもにこれ以上好き勝手させるか。ミーティア様は俺たちが守る」

立ち上がった暴徒たちは、空いた時間を使って町の警戒を始めた。

ミーティアが暮らす区域周辺は特に念入りに警戒し、いざというときに戦えるように自らの身体を鍛えた。

（さあ、どこからでもかかってこい、貴族ども）

しかし、状況は彼らが予想していたのとはまったく違う展開を見せた。

ミーティアがエドワード・シャルリュスの邸宅を訪ねたその後から、周辺地域の貴族たちの動きが目に見えて大人しくなったのだ。

それどころか何かに怯え、ミーティアの顔色をうかがっているようにさえ見える。

（いったいどうして……）

想像さえしていなかった不可解な状況。

しかし暴徒たちは感覚的に、それを作り出した人物が誰なのか理解していた。

「貴方がやったんですよね」

皺一つ無い執事服。

美しく伸びた背筋と凜とした立ち姿。

暴徒たちの言葉に、ミーティアに仕える執事——ヴィンセントは表情を変えずに振り向いた。

「何のことでしょうか」

「ここに来た初日に見せた体術は常人のそれとはまったく違っていました。あれは一朝一夕で身につくものじゃありません」

「何を言っているのか理解しかねるのですが」

「答えられないなら答えなくて構いません。俺たちが言いたいのは貴方に感謝を伝えたいということなんです。ミーティア様の力になっていてすごいと思います。尊敬します」

暴徒の一人が言う。

「そして、俺たちにも協力させてほしいんです。仲間を、家族を救ってくれた恩人のために力になりたい。学がない俺たちだけど腕っ節には自信があります。どんなことでもやります。指示には必ず従います。だから、貴方の下で働かせてください」

ヴィンセントは色のない瞳で彼を見つめていた。

それから、暴徒たちに背を向けて言った。

「申し訳ありません。仕事がありますので」

「困ったことがあったらいつでも呼んでください。必ず力になります。その日のために身体を鍛えておきますから。一度で良いんです。どうか力を証明するチャンスを——」

「失礼します」

ヴィンセントは言った。

有無を言わさぬ響きがそこにあった。

暴徒たちは何も言えないまま、ヴィンセントの背中を見つめていた。


(いや、全部私がしたみたいなことを言われても困るのですが)

ヴィンセントは暴徒たちとの会話を思い返しつつ屋敷への帰路を歩いていた。

たしかに、エドワード・シャルリュスを攻略する上で、自身がエージェントとして磨き上げたスキルが役に立ったのは事実だ。

しかし、それはあくまで手段を提供したというだけのこと。

主人として指揮を執り、才覚ある若手貴族であるエドワード・シャルリュスと渡り合ったミーティアと、助手として協力してくれたシエルの貢献が大きかったとヴィンセントは感じていた。

(ミーティア様の優秀さは知っていたのですが、シエルがあそこまでの技術を習得しているとは)

どこにでもいる侍女に過ぎなかったはずのシエルは、ミーティアとヴィンセントに関わる中で着実にエージェントとしてのスキルを身につけていた。

元々手先が器用で呑み込みは早かった。

しかし、彼女の技術を向上させているのは、何よりもそのモチベーションによるところが大きい。

『私、時々ミーティア様のことを自分が産んだ娘なんじゃ無いかって思うことがあるんですよね。寝顔を見てるだけで愛しいというか、本能が愛娘だと認識してるというか』

『私のミーティア様への気持ちは、こんな鍵くらいでは止められません。ミーティア様のためだと思えば、どんな困難でも乗り越えられるんです。事実上お腹を痛めて産んだ娘なので』

『ねえ、ヴィンセント。愛というのがどういうものかわかりますか。たとえば、私は果物の中でイチジクが一番好きです。イチジクが食べたい、いつも傍にいてほしい。自然とそんな思いが浮かんだとき、そこに愛が生まれているのです。とはいえ、イチジクごときへの愛と私のミーティア様への愛はまったく次元が違うものなのですけど』

(薄々感じていたのですが、シエルはかなり正気を失っていますね)

真面目に働く優秀な若手侍女だったはずなのに、いったいいつからこんな風になってしまったのか。

『彼氏？　貴族家で休みなく働いていた私に、そんなの作る時間あるわけないじゃないですか。職場恋愛は後々面倒なことになるからしたくないですし、休日は疲れを取るために家で一日中寝てるので出会いなんてないですし。そもそも、恋愛って面倒なんですよね。正直彼氏よりも子どもが欲しいというか。行き場のない母性の注ぎ先を私は求めていて――』

リュミオール家で働き始めた六年前。

屋敷の人間関係に関する情報を集めていた際に、そんな彼女の言葉を聞いたのを思いだす。

シエルが本能的に求めていた娘的な存在として、ミーティア様が綺麗にはまってしまったということなのだろう。

初めてできた姪っ子が、やたらかわいく見える的な現象にも近いのかもしれない。

（シエルの場合は、勝手に母になろうとしているのでそれより度を超してやばいですが）

ミーティア様がそんなにかわいいだろうか、と首を傾ける。

たしかに、小さな身体で背伸びして、大人のような振る舞いをしている姿が愛らしいと感じることはある。

しかし、だからといって娘として認識したくなるほどかわいいかと言えば、そんなことは――

『庭に白いお花が咲いていたの！　見てたらヴィンセントにあげたいなって思って。はい、プレゼント！』

『針金で鍵を開けちゃうなんて！　すごい、もう一回！　もう一回見せて！』

『私、ヴィンセントにいつも感謝してるのよ。凄腕エージェントとしての振る舞いが本当にかっこよくて、貴方みたいな芯の強い素敵な人になりたいなって。ヴィンセントは私にとって目標であり憧れなの』

（あれ、ミーティア様って娘としてものすごくかわいいのでは……？）

心の中に生まれた迷いを、首を振って追い払う。

知性と品格を備えたプロフェッショナルとして生きているヴィンセントにとって、その感覚は不要な感情以外の何物でもない。

（私はミーティア様をお守りする従者。今は大義のために成すべきことを果たさなければ）


同時刻。

シエルは真剣な顔でひとつの重大な問いに対する答えを考えていた。

（なぜミーティア様はあんなにかわいいのだろう）

きっかけは数時間前の出来事だった。

昼食としてシエルが作ったマトンシチューをミーティアは瞬く間に完食。

二回おかわりしてから、幸せそうに言ったのだ。

『シエルの作るシチューが一番おいしいわ』

その言葉は、シエルの胸をいたく打った。

なんというすさまじい娘力。

長い人生の中で形成された常識も、嵐を前にした砂の城のように跡形もなく消し飛ばされてしまう。

（ミーティア様、やばい、愛しい、尊すぎる……！）

くらくらするシエル。

しばしの間、母親の理想郷的記憶を反芻して幸せに浸ってから、思いだされたのはミーティアに出会う前のことだった。

八年前。

シエルが、リュミオール家の採用試験を受けていた日のこと。

若くして両親と妹を亡くしたシエルは身寄りがなく、貴族家の採用試験ではその家族構成を怪訝（けげん）な目で見られることも多かった。

『家族がいない侍女は耐えられずに逃げることが多い』

そんな偏見によって、シエルは採用試験に落ち続けていた。

どんなにがんばって課せられた仕事をこなしても、伝えられるのは『雇うことはできない』の一言。

『あの子、仕事ぶりは一番よかったんだがな』

『一日くらいならごまかすことはできる。逃げられたら私たちの責任が問われるからな』

『やはり身寄りが無い子を雇うことはできんよ』

面接を担当した執事たちがそんな話をしているのを聞いたこともあった。

悔しくて、つらくて、悲しくて。

どうして私だけがこんな目に遭うんだろうって。

自分が世界で一番不幸みたいに思える夜もあった。

リュミオール家の採用試験を受けたのはそんなある日のことだった。

(どうせ受からない……いや、ダメだ。とにかく私にできるベストを尽くそう)

弱い自分を振り払いつつ、汚れた別館の倉庫を掃除していたシエルに声をかけたのは、一人の若い女性だった。

「少しここで息抜きをさせてもらってもいいかしら。このところ忙しくて疲れてて」

どうやら、先輩侍女の方らしい。

「いいですけど」

断る理由もない。

先輩が見てくれているのは仕事ぶりをアピールするチャンスだ。

古びた蜘蛛の巣を取り除きながら、埃の積もった棚の上を丁寧に拭く。

「そんなところまで拭くの？」

「みなさんがしていない分、アピールのチャンスですから」

「でも、細かいところに時間をかけすぎたら後で困る場合もあるんじゃないかしら」

「そこは全体のバランスを見ながらですね。大事な目立つところを押さえた上で、この隅っこにはこれくらい時間をかけられるかな、みたいな。あと、私に仕事を任せてくれた方がどのように考えているのかも基準にします。今回は時間を多めにいただいているので、丁寧に細部までしておいた方がいいかな、と」

「すごいわ。たくさん考えてるのね」

「いえいえ、先輩ほどではないですよ」

「先輩……？」

先輩は少しだけ首を傾ける。

「あ、ごめんなさい。まだ試験中なのに先輩っていうのは失礼でしたよね」

「ううん、気にしないで。それより私、貴方のお話が聞きたいわ」

「私の？　いいですけど」

先輩はシエルに興味を持った様子だった。

理由はわからないけれど、悪い気はしない。

シエルは聞かれたことを正直に話した。

家族のことについて嘘をつくという選択肢も一瞬考えたけど、後々面倒なことになりそうなのでやめた。

「ありがとう。いろいろ聞けて楽しかったわ。それじゃね」

先輩がいなくなってからも、シエルは丁寧に掃除を続けた。

誰に見せても恥ずかしくないと胸を張って言える仕事ができたように思う。

採用試験の結果が伝えられたのはその数時間後のことだった。

『今回、貴方の採用は見送らせていただきたいと思います』

結果は不合格だった。

採用担当者である老執事は、シエルが掃除した部屋に入ることもしなかった。ただ遠くから数秒見ただけだった。

（ああ、最初から結果は決まっていたんだ）

シエルは肩を落とした。

がんばったのがバカみたいに思えた。

視界がぐにゃりと歪んだ。

泣いてはいけない、と目を固く閉じた。

「ごめんなさい、少し良いかしら」

掃除しながら話した先輩侍女の声が聞こえたのはそのときだった。

現れた彼女の姿に、執事たちが背筋を正したのが気配でわかった。

「若奥様、どうしてここに」

「若奥様……？」

困惑するシエルに、先輩侍女は人差し指を唇に当てて、にっと目を細めた。

「ひとつお願いがあるの。この子を雇ってもらえないかしら。私付きの侍女として」

その人はリュミオール家の若奥様だった。

シエルは彼女から名家の侍女として働く上で必要な常識や原則を学んだ。

「どうして私を雇ってくださったんですか？」

気になって一度、聞いたことがある。

「信用できる侍女が欲しかったの。裏で誰かの息がかかってる人も多いから。そういう貴族家のしがらみを抜きにして、味方になってくれる人が欲しかった。私と、それから娘のために」

彼女は自身の娘であるミーティアのお世話係にするために、シエルを雇いたかった様子だった。

「他の子供たちは貴族家の慣習の中で、優しさに欠ける性格に育ってしまったから。せめてミーティアだけは良い子に育ってほしいなって」

しかし、お世話係を務めることになったミーティアは筋金入りのわがまま娘だった。

「こんな出来損ない食べられないわ！　全然美味しくないもの！」

担当する侍女が何度も替わっているというその傍若無人ぶりは噂通りで、シエルは投げ出したくなるのを懸命に堪えて、親身にお世話を続けた。

効果が現れたのは五歳になった頃だった。

ミーティアは侍女たちにも気配りを欠かさない優しい子になり、シエルはかけられた言葉に呆然と立ち尽くすことになった。

「私、シエルに本当に感謝してるの。今までたくさんわがままを言ってごめんなさい。これからはわがままなんて言わないから。もし嫌じゃなかったら、これからも傍にいてくれたらうれしいわ」

（あのミーティア様が……！　こんなに、こんなに良い子に……！）

諦めることなく誠実に向き合い続けた者だけが体験できる、奇跡のような瞬間がそこにはあるように感じられた。

苦難を乗り越えたことで強まる愛情。

そこからは、彼女の魅力に夢中だった。

『シエルありがと！　大好き！』

弾んだ声と笑顔を見れば、つらいことも一瞬で吹き飛んでしまう。

「ミーティア様、本当にかわいくて。背伸びして難しい本をたくさん読んで、大人っぽいことを言ったりするんですよ。でも、袖が余ってたりよく転ぶところは小さな子供そのもので、もう尊すぎてやばいというかですね。最近では子供ができたらこんな感じなのかな、とかもしかしてこの子私の娘なんじゃないかって思うことがあるくらいで――」

そこまで言って、シエルははっと口をおさえる。

「ごめんなさい。若奥様にこんなことを言うのはおかしいですよね」

「ううん、いいの。貴方があの子のことを大切に思ってくれてるのが私はうれしい。もっとお話を聞かせて。あの子のことだけが、今の私の生きる喜びだから」

シエルはそれからもミーティアのことをこっそり若奥様に伝え続けた。

ミーティアの魔法適性に問題があることがわかって、別館の地下に幽閉されるようになってからも密かな交流は続いた。

「若奥様、若奥様。今日のミーティア様情報なんですけど」

誰にも必要とされずにいた自分を見つけてくれた若奥様。

過ごした時間は今も、シエルの心の中に深く刻まれている。

窓から射し込む夕暮れ。

少しだけ開いた自室の扉。

主人であるミーティアが、鏡を前に洗練された身振りで何かを言っている。

「計画は第二フェイズに突入したわ。夕闇に紛れ、私たちは世界を変えるために行動する。すべては深淵で崇高なる計画のため。世界は今、私の手の中に落ちようとしている」

芝居がかったステップでポーズを取ってから、「ふふふ、私かっこいい……」と小さな笑みをかみ殺すミーティア。

（貴方のミーティア様は、今日も楽しそうに日々を過ごされてますよ）

窓から吹き込んだ涼やかな風に乗せて、そんな思いが彼女に届きますようにと願った。

エドワード・シャルリュスを傀儡にしたことで、《華麗なる悪女計画（アルベルチーナ）》は次の段階に進んでいた。
隣接する周辺地域の領主に働きかけてもらって、リネージュにおける領地改革への反発を抑える

防波堤の役割を担ってもらう。

加えて、彼が貯め込んでいた金塊を資金に換えることで、周辺地域の貧困層に対する支援を行うことができた。

仕事がなくて困っている人たちを大量に雇用して、継続的に配給を行える体制を構築。

周辺地域から必要な食料を買い付け、効率よく分配して路上生活者さんの栄養状態を改善。

その上でさらに就職先とスキルがなくて困っている人たちを雇って、必要な知識と技術を身につけてもらいながら開墾した新しい畑で働いてもらう。

この貧困層への支援によって犯罪の件数は少なくなり、地域の治安は向上。

領民さんたちの私に対する支持率は上がって、畑で鍬を振っていると「仕事をくれてありがとうございますミーティア様！」といろんな人に声をかけてもらえた。

しかしその一方で、貴族社会の常識に反した私の施策を、よく思わない貴族たちも現れ始めているみたいだった。

「ミーティア様が行っている施策に対して、魔法国第三議会でミーティア様に対して批判の声が上がっているとのことです」

魔法国第三議会は、東部地域を統括する地方議会だ。

東部各地の有力貴族が集うこの議会での決定には大きな意味があり、東部に住んでいる人間は、たとえ王族の関係者でも決して無視することはできない。

あらかじめ警戒の対象として把握していたけれど、その動きは私たちが想定しているよりもさらに早かった。

「私も努力はしているのですが、第三議会の重臣たちが動いているとなると手を打つのも難しく……」

エドワード・シャルリュスは唇を引き結んで言う。

「情報を集めているのですが、誰が主導しているのかもまるで見えてこないのが現状でして」

「いえ、それについては既にある程度の情報を入手しています」

私の言葉に、ヴィンセントがうなずいて紙の束をテーブルに置く。

視線を落としたエドワードは息を呑んだ。

「どうやってこれを……」

エドワードは真剣な目で押し黙り、資料を読み終えてからつぶやく。

「中心にいるのは、シェーンハイト伯ですか……」

「どういう方なのですか？」

「第三議会で最も影響力のある一人。東部地域屈指の名声と発言力。我々辺境の貴族とは格が違う相手です」

「なるほど。かなりの大物みたいですね」

「まさかシェーンハイト伯が出てくるなんて……」

呆然とつぶやくエドワード。

優秀なことで知られる彼にそこまで言わせるのだから、相当の大物貴族なのだろう。

それだけの権力を持っているとなると、表に出せない悪いこともたくさんしているはず。

「決めたわ。次のターゲットはシェーンハイト伯と第三議会よ。ヴィンセント、情報収集をお願い」

「承知いたしました」

こうして、私たちの次なる作戦が始まった。

◇　◇　◇

数日後。

いつもの集会所に集まった暴徒たちは、日課のトレーニングをこなしていた。

貴族の手先がリネージュに攻撃を仕掛けてきた場合を想定し、積み上げるハードなトレーニング。

救ってくれたミーティア様とリネージュの人々を守るために。

農場での仕事と並行しての鍛錬は、時間的にも厳しいものだった。

しかし、暴徒たちはそれでも自分たちの肉体に負荷をかけ続けた。

彼らは自分たちにもできることがあると信じたかったのだ。

迷惑ばかりかけてきた自分たちにも、誰かの役に立つ何かがきっとできるはずだ、と。

あの日、わずか十歳の領主様が自分たちを救ってくれたように。

加えて、農場での仕事や配給の手伝いにも精力的に励んだ。

別人のような彼らの姿を町の人たちは好意的に受け止めてくれた。

かけられる感謝の言葉がくれる充実感は、想像していたよりも良いものだった。

しかし、それでも本当にやりたいことには届かない。

「声、かからないですね」

零れ落ちた言葉は、彼ら全員の感じていることでもあった。

懸命の努力を続けている。

しかし、一番役に立ちたい領主様の力になることはできていない。

「ミーティア様に直接お願いしてみるのは――」

「ダメだ。あの人はきっと優しさで俺たちに仕事をくれる。それではミーティア様の負担が増えるだけ。本当の意味で力にならないと意味が無い」

「でも、俺たちには学もないし特別なスキルもない。ミーティア様も俺たちの力なんて必要としてないのかも」

「だったら、必要としてもらえるまで努力を続けるだけだ。その程度だったのか、お前の覚悟は」

時間は淡々と過ぎていった。

どんなに自分を追い込んでトレーニングしても、周囲の何かが変わることはなかった。

進んでいる手応えのない毎日。

こんなことをしていても無意味なんじゃないか。

そんな心の声に押しつぶされそうになっていたある夜のことだった。

「貴方たちが本気であることは承知しました」

宵闇の中から現れたのは、領主様の執事――ヴィンセントだった。

「衣服を差し上げます。着替えてください」

「服？　どうして？」

困惑した顔の暴徒たちにヴィンセントは言った。

「ミーティア様の下で働くのです。相応の衣装は必要でしょう」

「今回の作戦には、彼らにも参加してもらうことにしました」
ヴィンセントが連れてきたその人たちの姿に、私は思わず息を呑んだ。
黒いスーツのエージェントたち。
整髪用の油でまとめられた髪。

スタイリッシュな装いは、スパイもの小説の中からそのまま飛び出してきたかのよう。
（すごい……完全再現……！）
さすがスパイもの小説の熱心なファンであるヴィンセント。
爪の先から細部に至るまで本物にしか見えないこだわりが詰まっている。
感動しながら見ていた私は、不意に彼らの顔にあるひとつの違和感に気づく。
（あれ？　この顔、どこかで見たような）
考えること数秒、思いだされたのはリネージュの地に着いた日のこと。
『ヒャッハー！　ゴミ貴族どもぐちゃぐちゃにしてやんよ！』
「あ！　ヒャッハー言ってた人」
「そうです。覚えててくださいましたか」
目を細めてうなずく青年。
奇抜だった髪型は、ヘアオイルでセットされたスマートなショートヘアーに。
完全に別人な変わりようだった。
彼だけではない。
よく見ると、そこにいた人たちは初日に囲まれた暴徒の人たち。
（ど、どうして暴徒の人たちがエージェントごっこを……？）
彼らにそんな趣味があるとは思えない。

となると、この大規模エージェントごっこはヴィンセントの主導によって行われているのだろう。

「まだまだ力不足ではありますが、シエルにも協力してもらって迅速に必要な訓練を行う予定です」

澄み切った目で言うヴィンセント。

その目的を理解して私は絶句した。

（ま、まさかヴィンセント……一から本物の諜報組織を作ろうと……）

なんというなりきりへの熱意。

仕事ぶりやスキルを真似するだけでなく、組織まで一から作ろうとするなんて。

（ただのファンの人なのにここまでやっちゃうヴィンセントすごい……）

同じ趣味を持つ仲間として、尊敬の気持ちしかない。

（私も負けないように悪女しないと！）

「協力してくれてありがとう。貴方たちの覚悟と意志、たしかに受け取ったわ。良い働きを見せてくれることを期待してる」

私は背を向け、優雅な所作で髪をかき上げて振り返った。

「それでは、悪巧みを始めましょう」

第三議会に所属する貴族家への潜入は、ヴィンセントとシエルが暴徒さんたちの指導をしながら行うことになった。

「今回は屋敷で働く使用人に成り代わることにします」

そう言って、ヴィンセントが取り出したのは人肌の色をしたマスクだった。

特殊な魔術繊維が織り込まれたそれは、魔力を流して加工することで別人の顔を再現することができるという。

「皇国の秘密諜報機関で使われていたものです」

手際よくマスクを加工していくヴィンセント。

細部まで設定と世界観を突き詰めたさすがのなりきり力。

調整が終わったマスクをかぶると、まったく別人の男性の顔になった。

「魔術結界はこちらの魔術阻害装置（ディスターバー）を使って部分的に機能を停止させます」

本物にしか見えない再現度のスパイガジェット。

別人の顔になったヴィンセント。

その隣で手慣れた様子でマスクを被ってシエルが言う。

「後輩もできたことですし、私も先輩として良いところを見せないとですね」

こうして、屋敷に潜入したヴィンセントとシエルは小一時間ほどで屋敷の中から不正の証拠資料と裏帳簿を持ち出してきてしまった。

「こ、こんなことが……」

息を呑む元暴徒さんたち。

私もまったく同じ気持ちだったけど、みんなの前で悪女っぽくない反応はしたくないので懸命に堪えた。

「この裏金に関しては、シェーンハイト伯が関わってはいないようですね。成果を上げられず申し訳ありません」

「ううん、すごく良い仕事。ここを見て。シェーンハイト伯と関係が深いマスキス卿が関わってることは立証できるわ」

私は資料を読み込みつつ言う。

「まずはこれを使って、マスキス卿を攻略しましょう」

翌日の夜、早速私たちはマスキス卿の屋敷に忍び込んだ。

硝子(がらす)細工のシャンデリア。黒曜石のテーブル。初秋の湖畔を描いた風景画。

自室の姿見の前でネクタイを外すマスキス卿に、私は声をかける。

「こんばんは。良い夜ですね、マスキス卿」

「いったいどこから……」

マスキス卿は息を呑んだ。

「少しお話がしたいと思いまして」

悪女っぽいドレスに身を包んだ私は、妖艶に微笑んで言う。

「まずはこちらの不正融資について」

「不正融資？」

「テーブルの資料をご覧ください」

怪訝そうな顔をするマスキス卿。

警戒しつつ、テーブルの資料に視線を落とす。

細められていた目が、見開かれた。

「ど、どこでこれを……」

「私は世界を隅々まで見通せる優れた目を持っているんです」

マスキス卿は怯えた目で私を見つめた。

「私を告発するのか……？」

「その選択肢も考えました。ただ、今回の件に関しては私も少し心苦しい。お父上が違法賭博に入れ込んで、多額の借金を抱えてしまったのでしょう。貴方が気づいたときには既に、その借金はマスキス家を傾かせる額まで達していた」

「そんなところまで……」

「貴方はこの国には珍しい、不正を好まない貴族の一人です。しかし追い詰められ、やむを得ず不正融資に協力するしかなかった。お父上のことで苦労されているんですよね。お気持ちは痛いほどよくわかります。もし貴方が私の望みを叶えてくれるなら、今回の不正融資は私の心の中に留めておきましょう」

「何をすればいい」

「協力してください」

私はにっこり目を細めて言った。

「私、第三議会の貴族さんとお友達になりたいんです。どんなお願いも聞いてくれる優しいお友達になってほしいなって」


こうして始まった第三議会掌握計画は、順調な滑り出しを見せていた。

議会の要職を務めるマスキス卿を味方に付けたことで、三人の下級貴族の弱みを握って仲間にすることができた。

第三議会では、三週間後に私を召喚して査問会議を行うことが計画されていると言う。

第三議会の現職は合計で二十九名。

この調子で工作を進めていけば、当日までには十分戦える人数の貴族を味方につけることもできるはず。

「問題は、シェーンハイト伯とその脇を固める貴族たちを切り崩せていないということですね。結束が想像以上に固い。警備も厳重で、何度か潜入はしているのですが証拠資料をどこに隠しているのか、まだ特定することができていません」

「引き続き調査をお願い。それが手元にあるかどうかで勝敗が変わってくるから」

「承知いたしました。期日までに必ず見つけだします」

何かヒントはないかとエドワード・シャルリュスの邸宅を訪ねて意見を聞く。

「シェーンハイト伯は魔法国屈指の頭脳を持つ優秀な貴族です。しかし、攻略する糸口がまったくないわけじゃありません」

「どうするのですか？」

「優秀な者は、得てして自分と同じ優秀な者を嗅ぎ分ける能力にも秀でています。私がシェーンハイト伯を高く評価しているように、シェーンハイト伯も私を高く評価しているはず。私が彼に取り入り、間者として内部の情報を貴方に伝えます」

エドワードは早速、シェーンハイト伯に会談を申し入れる書状を書いた。

返信が届いたのは数日後だった。

「これがシェーンハイト伯から届いた返信です」

「なんて書かれていましたか？」

「慌てないでください。今から開封します」

落ち着いた所作で封を切るエドワード。

書状に視線を落とす。

自信に満ちた表情で不敵に笑みを浮かべた。

「なるほど。向こうの意図はわかりました」

「どういう内容でした？」

「彼は私の優秀さを警戒しているようです。同じ優れた頭脳の持ち主として、私に背中を刺される可能性を見過ごせないと判断したのでしょう」

エドワードは言う。

「残念ながら今は忙しいので、機会があればとのことです」

「…………」

キメ顔のエドワードを無視して、シャルリュス家の邸宅を後にする。

シェーンハイト伯の狙いはおそらく、私の動きを制限することだ。

リネージュにおける税の引き下げは、他の地域における領民たちの不満を大きなものにする可能性がある。

今まで通り高い水準で税額を維持したい東部地域の貴族からすれば、悪い芽は早い内に摘んでおきたいのだろう。

長い年月をかけ、いろいろな言い訳を使って、刺激しないように少しずつ税額を上げてきた彼らだ。

既存の秩序を乱す私の存在は、どんな手を使ってでも潰したいはず。

（どうやって攻略するべきか）

馬車に揺られながら、私は方策を考える。

◆　◆　◆

シェーンハイト伯爵領。

その日、シェーンハイト伯の暮らす屋敷を訪れていたのはフードを目深に被った男だった。

対外的には存在しない極秘の会談。

「《三百人委員会》の意思として、私にミーティア・リュミオールの排除を要請したい、と」

シェーンハイト伯の言葉に、フードの男は無言で同意を示す。

「構わない。元々彼女は潰すつもりだった。そのための手はずは既に整えている」

「足りない」

フードの男は持っていた鞄を手渡して言う。

「これを使え」

異様なほどに重たい鞄だった。

まるで鉛が詰まっているかのように感じられる。

床に置いて中を確認する。

詰められた金貨のその量に、シェーンハイト伯は眉をひそめた。

（腑に落ちない。彼女はたしかに《三百人委員会》の思想に反している。だが、組織がここまで素早く動くほどのことをしているとは思えない）

シェーンハイト伯は思案げに口元に手をやる。

（思えば最初からおかしかった。《三百人委員会》の最高幹部から指示があったということだったが、それにしても動きが早すぎる。組織としての決断ではない。最高幹部の誰かが、強くそれを望んでいると考えるのが妥当か）

いったい誰がそれを望んだのか。

《三百人委員会》と深いつながりを持ち、魔法国貴族社会に精通したシェーンハイト伯にとって、その答えを導くのは難しいことではなかった。

（おそらく、主導しているのはリュミオール伯。自らの手を汚さず不都合な娘を早急に排除したい、と）

リュミオール伯が直接手を下せば、リネージュや他の領民からの反発を招く可能性がある。

魔法適性を持たない人々を差別せず、税額を引き下げたミーティアはリネージュの地で高い支持を集めているという話だった。

領主代行の地位を取り上げれば、不満の矛先は間違いなくリュミオール伯に向かう。

名誉欲が強く、さらに上の地位を欲しているリュミオール伯からすれば、避けられるリスクは避けたいに違いない。

しかし、その事実はシェーンハイト伯にとって好都合だった。

これだけの資金があり、父であるリュミオール伯が彼女の排除を望んでいるのだ。

加えて、《三百人委員会》の後ろ盾もある。

それならば、より確実性の高い手段を選択することができる。

「任せてくれて良い。どんな手段を使ってもミーティア・リュミオールは私が消す」

◇◇◇

「第三議会からの召集……どうして、三週間後の予定だったはずじゃ……」

その日、私に届いた書状を開いて、シエルは息を呑んだ。

想定外の事態。

ヴィンセントはすぐに動いて情報を収集してくれた。

「マスキス卿に確認しましたが、聞かされていなかったとのことでした。昨日までたしかに三週間後の予定で進行していた、と」

第三議会で要職を務めるマスキス卿も聞かされていない。

となると、シェーンハイト伯と彼に最も近い側近が少数で強行した決定なのだろう。

(何故方針を変えた……？　何か大きな陰が動いたか)

それが可能な影響力を持つ大物が裏で動いているのかもしれない。

「構わないわ。誘いに乗ってあげましょう」

「しかし、準備がまだ万全では……」

「計画を修正すれば対応できる。優先順位をつけて、勝利条件を満たすことだけ考えれば勝つことは十分可能だわ」

私は髪をはためかせて言った。

「逃げずに堂々と正面から。待ち構える悪徳貴族どもをぎゃふんと言わせてやりましょう」

◇　◇　◇

魔法国王都の中心に位置する大王宮の一室。

その日、魔法国第二王子カイル・フォン・エルミアは部下の報告に持っていたペンを落とした。

「第三議会がミーティア・リュミオールを査問のために召集した……？」

ふるえる声。

机を叩いて部下を叱責する。

「どうして報告がここまで遅れた。少しでも動きがあれば伝えろと指示していただろう……！」

「申し訳ありません。第三議会に所属する貴族たちも極めて注意深く行動しているようでして」

「情報が入るのがあまりに遅すぎる。査問会議は今日の午後行われるんだぞ……！」

拳を固く握りしめながら、カイルは部下が後手に回った理由について考える。

第三議会の貴族たちが注意深く行動しているとしても、優秀な部下たちがここまで何もつかめないのは明らかにおかしい。

（《三百人委員会》が動いたか……）

魔法国の裏側で暗躍する陰の組織。

徹底した秘密主義を掲げる彼らは、この国で最も情報戦に長けた組織の一つだ。

何より、カイルを動揺させていたのは状況が示唆するひとつの可能性だった。

（《三百人委員会》がミーティア・リュミオールを排除しようとしているとしたら）

十分にあり得ることのように感じられた。

貴族であるにもかかわらず魔法適性を持たない者を対等に扱う彼女は、わずか十歳とはいえ《三百人委員会》の掲げる優生思想と貴族主義を揺るがす存在だと判断されてもおかしくない。

（絶対に阻止しなければ……彼女はこの国の希望だ……）

カイルは唇を引き結んで言った。

「馬車を用意しろ。至急、オルフェンに向かう」

「しかし、今日はドゥーク侯の屋敷で乗馬をする予定では」

「くだらない用事だ。第二王子は人類史上最高レベルで腹を下して地獄の苦しみに耐え続けているとでも言っておけ」

カイルは馬車に飛び乗って、ミーティア・リュミオールの査問会議に向かった。

査問会議当日。

私はヴィンセントが用意してくれた馬車で、東部地域最大の街であるオルフェンに向かった。

「手はず通り私たちは別行動ですね」

「絶対にお役に立てる仕事をしてみせます」

見送ってくれるシエルと元暴徒さんたち。

朝の空気はしんと冷えていて、日差しは他の時間より透き通っているように感じられる。

所要時間は二時間ほど。

心地良く揺れる馬車の中で、私はゆっくり身支度を調えていた。

「これとこれだとどっちが悪女っぽいかしら？」

「そこはこの髪飾りを使うと良いのではないかと」

「ほんとだわ！」

同行してくれるヴィンセント。

同じ趣味を持つ先輩であり、《優雅で完全なる執事》である彼は、私の意図を汲んで求めている以上の意見を出してくれる。

意見を交換し合う中で、私の装いはさらに洗練されたクールでスタイリッシュなものになっていた。

（かっこいい……！　これが私……！）

鏡の前でポーズを取って、頬をゆるめる。

しばしの間、悦に浸っていた私が気づいたのは、自分の身体にあるひとつの問題だった。

（身長が……もうちょっと身長があれば完璧なのに……）

身長が足りないので、背伸びしたくてがんばっている子供感がどうしても否めないのだ。

（牛乳がんばって飲んだり、ぶら下がって身長伸ばすやつやったり努力してるのになぜ……）

理不尽でままならない不条理な世界の一面がそこにあった。

努力が報われるとは限らない。

報われずに終わってしまうこともある。

それでも、歯を食いしばってがんばらなければいけないのだろう。

あきらめてしまえば何も変えられないから。

自分を変えられるのは自分だけだから。

（よし！　がんばって明日からはもっと牛乳を飲もう！　ぶら下がる体操しよう！）

決意を新たにしつつ、窓の外を見つめる。

馬車は森を横断して作られた狭い道を進んでいた。

見通しが悪く、人通りの少ないこの道は、リネージュからオルフェンに向かうためには絶対に通らなければならない交通の要衝になる。

(……あれ？　鳥や獣の声がしないような)

かすかな違和感。

前世で田舎暮らしをしていた私の感覚として、このくらい鬱蒼と茂った森の中だともう少し鳥や獣の声が聞こえるものなのだけど。

(この森には鳥や獣がいない……？)

いや、それはおかしい。

ありえない。

だとすれば、考えられるのはひとつの可能性。

(鳥はこのあたりにいる何かを警戒して逃げ去った)

いったい何が起きているのか。

窓から身を乗り出し、周囲を見回す。

意識を集中し、その何かを突き止めようとする。

森の中には他にもおかしな形跡があった。

異常なまでに大きな魔力の残滓。

何らかの儀式魔法が行われた痕跡。

「中規模以上の儀式魔法に見えます」

ヴィンセントの言葉にうなずく。

「この感じは多分召喚系だと思う。触媒として迷宮遺物が使われてる感じもあるし」

「ミーティア様を狙ったものかもしれません。引き返しましょう」

ヴィンセントが御者さんに指示を伝えようとしたそのときだった。

大地が震動する。

馬車が激しく揺れる。

ティーカップが割れる音が響く。

窓枠を掴み、なんとか体勢を立て直しつつ顔を上げたその先に見えたのは、巨大な空を覆う翼だった。

「ひっ！　化物！　化物が……！」

御者さんの悲鳴。

「ドラゴン……！」

そこにいたのは巨大な火竜だった。

大樹のような腕。

鏃(やじり)のようなトゲのついた尻尾が蛇のように蠢いている。

「火竜(ワイバーン)ですね」

冷静なヴィンセントの声には、緊張の色が混じっている。

「この大きさでも危険度は災害級。町をひとつ壊滅させ、千人以上の被害者が出たという記録もあったはずです」

召喚魔法によって呼びだされた火竜(ワイバーン)。

おそらく、魔物に襲われた痕跡をあえて作り、不運な事故に見せかけようという狙いなのだろう。

このレベルの召喚魔法が使えるとなると、魔法国の中でも相当の手練れ。

シェーンハイト伯は手段を選ばず、実力行使で私たちを消そうと考えている。

犠牲を払わず逃げ切れる状況では無いのが感覚的にわかった。

動けなくなる私に対して、ヴィンセントの判断は早かった。

「私が竜を引きつけます。ミーティア様は安全なところへ避難を」

「ダメ……！　それじゃ、ヴィンセントが……」

「ミーティア様は腐敗したこの国の希望です。どんな手を使っても絶対に守り抜きます」

御者に引き返すよう指示を出して、ヴィンセントは馬車を飛び降りる。

「ダメ……！」

引き留めようと伸ばした手は届かなかった。

御者さんが私を抱き留めている。

「ダメです。逃げましょう！　私たちにできることは何もありません！」

必死の形相で駆け出す馬たち。

遠ざかるヴィンセントの背中。

ヴィンセントが死を覚悟しているのが感覚的にわかった。

誰よりも優秀で何でもできちゃうヴィンセントだけど、いくらなんでも相手が悪すぎる。

火竜（ワイバーン）を相手に一対一で戦うなんて、人間ができるようなことではなくて。

だけど、ヴィンセントは逃げずに戦うことを選んだ。

主人である私を守るために。

このままではいけないと思った。

ここでヴィンセントを見捨てたらきっと、私は命よりも大切な何かを失ってしまう。

「降ろして」

御者さんは首を振った。

「いけません。ここで戻ってもミーティア様にできることは何も――」

私は息を深く吐いてから言った。

「降ろしなさいって言っているでしょう」

御者さんの目が見開かれる。

動揺。

まさか十歳の少女に気圧されるとは思っていなかったのだろう。

隙を突いて腕を振り払う。

馬車から飛び降りて、ヴィンセントの下へ走った。

『私にできることは何もない』と御者さんは言った。

その言葉は正しい。

私は生活魔法以外の魔法適性を持たない落ちこぼれで、敵は召喚魔法で火竜（ワイバーン）を扱える凄腕なのだ。

力の差は明らか。

魔法国の常識の中で私と敵魔術師には決して埋められない力の差がある。

だけど、怖いとは思わなかった。

能力で劣っていたとしても、大切なのは使い方。

知恵と工夫でひっくり返せることを証明する。

何より、私は世界一かっこいい悪女になる女なのだから。

どんなに厳しい状況でも、大切な仲間は絶対に見捨てない。

（待っててヴィンセント……絶対に私がなんとかするから……！）

◆　◆　◆

主人を庇うために、火竜(ワイバーン)と対峙した長身の執事。

その判断が、魔術師は信じられなかった。

無謀を通り越して愚かと言わざるをえない選択。

腕に覚えがあるのかもしれないが、人間が火竜(ワイバーン)と対峙してできることなんてほとんどない。

時間を稼げたとしても持って数秒。

命を捧げるにしてはあまりにもささやかすぎる成果。

しかし、だからといって手をゆるめるほど彼は甘い世界で生きてきていない。

隙を見せれば、その隙を徹底的に突いて勝利を確定させる。

起動する魔法式。

火竜(ワイバーン)の陰から放つ炎魔法。

逃げ惑う執事に対して的確に照準を合わせる。

そのとき、魔術師が感じたのは形にならない違和感だった。

(何かが間違っている感じがする)

普通の人であれば見過ごしてしまう程度のささやかな感覚。

だが、危険な裏社会で生き抜いてきた魔術師は直感の大切さをよく知っていた。

(なんだ……何が違う……？)

感性を研ぎ澄ます。

瞬間、瞬いた閃光に魔術師は息を呑んだ。

即座に回避行動を取る。

あらかじめ準備をしていた分、スムーズに行われる体重移動。

森に射す光を反射して煌めく一瞬の光。

それは魔術師の頬をかすめ、後方にある木に突き刺さった。

（スローイングナイフ……）

その一瞬で彼は気づかされた。

（あの執事、ただ者じゃない）

狂気的な反復で磨き上げられたその動きは、もはや人間業の域を超えている。

（おそらく相当名のある相手……強さを表に出さず、こちらの油断を誘っていたところも警戒に値する）

並の魔術師なら先の一閃で間違いなくやられていただろう。

しかし、彼は魔法国裏社会の中でシェーンハイト伯が最も信頼する凄腕だった。

従えている火竜は、必要な魔力量を準備するのに六ヶ月を要する大規模召喚魔法によるもの。

このレベルの火竜を一人で倒すのはまず不可能に近い。

必然、執事の狙いは術者に向いていた。

術者を仕留め、召喚魔法を無効化する。

召喚魔法を使う魔術師に対する最も効果的な戦略。

しかし、今回は相手が悪かった。

魔術師の個人能力は火竜(ワイバーン)のそれに匹敵する領域まで到達している。

長身の執事は人間離れした動きで対等に渡り合っていたが、次第に体力を消耗し追い詰められていった。

(命を捨てて時間を稼ぎ、主人を守り抜いたか。大したものだ)

できるなら、もう少し早く仕留めたいところだったが、執事の実力は想像以上だった。

勝ちを急いで隙を見せれば何が起きるかわからない。

時間をかける以外の選択肢が無かったというのが正直な感想だった。

勝負には勝ったが、主人を守るという目的を果たされたことを考えると結果的には痛み分けというところだろう。

(ミーティア・リュミオールは、後で追いかけて仕留めれば良い)

肩で息をする執事を見下ろして魔術師は思う。

(まずはここでこの執事を確実に仕留める)

火竜(ワイバーン)が翼を広げる。

巨大な爪が大地を摑む。

空への咆哮は、ブレスの準備だ。
放たれるのはすべてを一瞬で蒸発させる業火。
顎門(あぎと)の先で圧縮された魔力が空間を歪める。
敗北を悟った執事が唇を噛んだそのときだった。
強大な魔力の気配。
背筋に液体窒素を流し込まれたかのような悪寒。
息ができない。
ひりつくような魔力圧の質に魔術師は絶句する。
(いったい何者……)
現れた想定外の第三者。
しかし、本能的に理解していた。
手段を選んでいる余裕はない。
そこにいるのは、持てる力のすべてを尽くして仕留めにいかなければならない敵だ。
ブレスの照準を現れた第三者に変更する。
放たれる光の線がすべてを焼き尽くす。
震動する大地。
瞼(まぶた)の裏を赤く染める光。

肌を焼く熱風。

破壊的な力が一切を蹂躙したその直後、目を開けた魔術師が見たのはまったく想定していない光景だった。

すべてを蒸発させるブレスに対して、傷ひとつ負うことなく近づいてくる小さな少女。

首筋を伝う冷たい汗。

竜の身体が痙攣するように揺れたのはそのときだった。

かすかな異変は見る見るうちに大きなものへと変わっていく。

大地を揺らしながら、崩れ落ちる巨体。

火竜は意識を刈り取られ、力なく倒れている。

（いったい、何が……）

混乱。

しかし、考えている時間は無い。

展開する魔法式。

放たれる攻撃魔法。

しかし、少女の身体に傷一つつけることができない。

（なんで……どうして……？）

何より恐ろしいのは、彼女は魔法式を展開していないことだった。

通常魔法として知られる防御魔法も魔術障壁も何一つ使っていない。

(でたらめすぎる……)

空間が歪むほど圧縮された魔力の気配。

酸素を求めて暴れ回る身体。

しかし、息を吸うことができない。

暴力的なまでの魔力圧。

何かが彼の呼吸を阻害している。

朦朧(もうろう)とする意識。

霞む視界。

頬に刺さる小石の感触。

ざらつく砂の味。

「《草木に水をあげる魔法》。初級の生活魔法として、この国では軽んじられていますが生活魔法の研究をし続けた私は気づきました」

異質な魔力の気配を纏った少女は言う。

「《小さく軽いものを浮かせる魔法》。この生活魔法と組み合わせ、流れる水をそのままの位置で固定化すれば二つの魔法はまったく違う効果を発揮する」

彼を見下ろして、にっこりと目を細めた。

「知ってました？　コップ一杯の水で人って窒息するんです」

水魔法によって気道を塞ぎ窒息させる。

生き物の体内に直接魔法を作用させるには、常人の域をはるかに超越した魔法制御力が必要なはず。

微笑む少女が彼には怪物に見えた。

小さな身体のその中には、裏社会の頂点に君臨する傑物のような計り知れない何かが入っているように感じられる――

（この子はいったい……）

疑問の答えが得られることはなかった。

薄れゆく視界の残像を瞼の裏に残して、彼は意識を失った。

◇　◇　◇

（な、なんとか生き残ることができたわ……）

魔術師と火竜（ワイバーン）が気を失ったのを確認して、私はほっと息を吐く。

強かった。

というか強すぎる相手だった。

正攻法ではまず勝てない。

だから、《草木に水をあげる魔法》で発生させた水を《小さく軽いものを浮かせる魔法》で気づかれないくらい薄い壁状にコーティング。

それを私の前に無数に展開して、光の屈折によって見えている私と本当の位置がずれるようにしていたのだった。

どんなに強い攻撃魔法も、当たらなければ無傷でやり過ごすことができる。

魔法式なしでも起動できる簡単な生活魔法を、まさか戦いの場で使うとは敵魔術師も思わなかったのだろう。

結果、未知の魔法が使われていると誤解して、正しい判断をすることができなかった。

最後は、《草木に水をあげる魔法》と《小さく軽いものを浮かせる魔法》で敵魔術師の喉に水魔法を固定。

呼吸をできなくして失神させ、戦闘不能状態にしていたのだった。

(毎日寝る前に、生活魔法でかっこいい悪女感が出る戦い方をするにはどうすればいいか妄想していてよかった)

しかしここで喜んでしまうと悪女っぽさが薄れてしまう。

髪をかき上げて憧れている悪女な振る舞いを意識する。

「ミーティア様、どうして戻って……」

驚いた顔で言ったのはヴィンセントだった。

私が戻ってきたのが予想外だったらしい。

加えて、火竜（ワイバーン）と敵魔術師を倒したのも彼にとっては驚きだったのだろう。

そりゃそうだと思う。

力量では完全に負けてるし。

ヴィンセントが人間やめてる動きで引きつけてくれていたことと、生活魔法なんて使うと思っていない相手の心の隙を突いて、知恵と工夫でなんとか勝てただけだし。

しかし、私が目指すのは世界一かっこいい悪女。

いつも自信満々で動揺なんておくびにも出さないのだ。

私は胸を張り、長い髪をかき上げて言う。

「私は仲間を見捨てない。敵対者には容赦ないけれど、身内にはとことん優しいのが私が目指す最強の悪女なの」

「危険です。もしミーティア様の身に何かあったら――」

「だったら、ヴィンセントも自分を大切にして。貴方は私のパートナーなんだから。わがままで傍若無人な悪女である私はどんな手を使っても貴方を助けようとする。そのことまで考えた上で行動するように」

ヴィンセントはなんだか戸惑った顔をしていたけれど、私はかっこいい悪女っぽい台詞と振る舞いが気持ちよすぎてそれどころではなかった。

馬車を失い、歩きで査問会議の会場に行かなければならない危機的状況に気づいて頭を抱えたのは三分後のことだった。

◇

『私は仲間を見捨てない。敵対者には容赦ないけれど、身内にはとことん優しいのが私が目指す最強の悪女なの』

ヴィンセントにとって、ミーティア・リュミオールの言葉は想像さえしていないものだった。

皇国諜報機関で道具として育てられた自分。

実績を上げ、表面上の扱いは変わっても本質的なところでそれは変わらなかった。

戦争孤児であり、詳細な身元は不明。

そんな彼の居場所は貴族社会の中にはなかったし、国の中枢に位置する貴族たちにとっては目的を実現するための道具でしかない。

かけられるあたたかい言葉はすべて自分を効果的に利用するためのもの。

危機が迫れば、ためらいなく見捨てるし、切り捨てる。

道具であるヴィンセントよりも、自分の身の方がずっと大切だから。

貴族というのは――いや、人間というのはそういうもの。

悲しいとさえ感じなかった。

自明の事実であり、変えようのない現実だと思っていたから。

（なのにミーティア様は自分の身を危険にさらして、私を助けようと……）

彼の生きてきた世界ではありえないはずの行動。

だからこそ、その姿はヴィンセントの心を打つ。

（まだ十歳の子供だというのに、なんてすごい方なのだろう）

幼い主人に対する尊敬と忠誠の気持ち。

同時に、ミーティアと過ごす間に彼の中には初めての感覚が芽生え始めていた。

幼少期に両親を失ってからはずっと一人。

諜報員として人生のほとんどを偽りの時間に捧げ、最後には組織にも裏切られた彼にとって、信頼できる主人に仕えるのは初めての経験。

そして、心優しい幼い少女と家族のような距離で過ごすのも初めてのことだった。

『だったら、ヴィンセントも自分を大切にして。貴方は私のパートナーなんだから。わがままで傍若無人な悪女である私はどんな手を使っても貴方を助けようとする。そのことまで考えた上で行動するように』

芝居がかった口調と不敵な流し目。

大人びた振る舞いと短い手足。

余った袖と人形のように小さな手のひら。

（従者として許されないことかもしれない。しかし、どうしても考えてしまう。感じてしまう）

ヴィンセントは唇を噛みしめて思う。

（ミーティア様が娘のようにかわいいと……！）

『私にとってミーティア様はお腹を痛めて産んだ娘なので』と理解不能な発言を繰り返していたシエルの気持ちがわかってしまった。

純粋な優しさと、少し間の抜けたアホの子な言動。

この小さな主人は、娘としての魅力がありすぎる。

（許されない……！　プロフェッショナルとして、主人にこんな気持ちを抱くなんて……！）

心の中で葛藤するヴィンセント。

（ダメだ、かわいすぎる……！　負けてしまう……！）

ミーティアはそんな彼の思いにはまったく気づかずに、風上に立って髪をかき上げていた。

◇　◇　◇

「ミーティア・リュミオールは！　ミーティア・リュミオールはどこにいる！」

オルフェンの街の北側に位置する第三議会の議場。

馬車を飛び降りて、駆け込んで来たのは魔法国第二王子であるカイルだった。

「第二王子殿下……」

想像もしていない大物の姿に、周囲の人々が驚きの声を上げる。

戸惑いとざわめき。

しかし、気にしている余裕はカイルにはなかった。

査問会議が始まる前に、彼女に罠であることを伝えなければならない。

東方議会で最も影響力を持つシェーンハイト伯と《三百人委員会》が裏で手引きしているのだ。

もし彼女が罠であることに気づかずそこに臨んでしまえば、どんな凄惨な事態が待っているか想像もしたくない。

(なんとしても会議が始まる前に彼女と話さないと)

周囲を見回し、ミーティアを探すカイル。

そのとき声をかけてきたのは、瀟洒な燕尾服(えんびふく)に身を包んだ男だった。

「これはこれはカイル殿下。よくぞお越し下さいました」

「……シェーンハイト伯」

カイルは低い声で言う。

「いきなり査問会議というのは性急であるように感じられるが。彼女はまだ十歳の少女だ。領主代行として領地経営も問題なく進めている。このような会議にかける必要があると私には思えない」

「見解の相違ですね。彼女の行いは先人たちが築いてきたこの国の伝統に反している。取り返しのつかない事態になってからでは遅いのです。私は人々を導く貴族の一人として、リネージュの人々の生活を守らなければならない」

「リネージュの人々の生活は、彼女が領主代行を務める以前の方がずっとひどいものだったと聞いたが」

「彼らは魔法を使えない。この国においては伝統的に価値の低い存在です」

「続いている慣習が正しいものであるとは限らない。それが誤りである可能性もある」

「だとすれば、殿下は我々の敵なのかもしれませんね」

シェーンハイト伯は目を細めて言った。

「気をつけてください。この国を覆う闇は貴方が考えているよりもさらに深い。貴方が守りたいと考えている少女も、もしかしたら既にこの世にいないかもしれない」

「…………まさか」

カイルは息を呑む。

「最初からそれが狙いで」

「私にできる最善を尽くしただけです」

「自分が何をしているのかわかっているのか」

「組織が彼女を消すことを望んだのです。逆らえる者はこの国にいない。それは私も例外ではない」

シェーンハイト伯は言う。

「彼女はこの国の暗部の犠牲になった。殿下も注意することを推奨します。もしかしたら、次は貴方かもしれない」

「…………」

何も返すことができなかった。

シェーンハイト伯と《三百人委員会》が動いたとすれば、最も確実性の高い方法が選択されたことは間違いない。

(だとすれば、彼女はもう……)

希望だと思った。

光ある未来の一端を見た。

驚くほどに聡明で、既成の価値観に囚われていない彼女なら、この国の歪んだ伝統と慣習を打ち破ってくれるかもしれないと期待した。

だからこそ、忙しい政務の合間を縫って彼女の動向を追った。

危険が迫れば、どんな手を使っても守るよう指示を出した。

しかし、すべては後手に回った。

この国を覆う闇は、カイルが想像しているよりもさらに深い。

(俺のせいだ……俺がもう少ししっかりしていれば……)

募る後悔。

握りしめた拳を大腿部に押し当てていたそのときだった。

現れたのは一台の馬車だった。

降り立ったのは美しい出で立ちの少女。

赤と黒のドレスを身に纏い、優雅な足取りで会場の階段を上る。

長身の執事を従えたその姿に、カイルは思わず見とれた。

(ミーティア・リュミオール……!? どうして……!?)

襲撃に遭ったはずなのに、その装いには一点の乱れもない。

気品ある所作で近づいてきた彼女は、シェーンハイト伯を見つけて、にっこりと目を細めた。

「あら、シェーンハイト様ですね。道中で素敵な贈り物を用意して下さってありがとうございました」

「…………」

シェーンハイト伯はじっとミーティアを見て言った。

「……楽しんでもらえたなら何よりだ」

「ええ。すごく楽しめました。見てくださいこのドレス。シミひとつついてないでしょう？ ドレスを汚さないように処理しないといけないから大変で」

　ミーティアは微笑んで言う。

「お返しはたっぷりさせていただくので覚悟しておいてくださいね」

　返事を聞かずに、背中を向ける。

　その堂々とした振る舞いに、カイルは笑ってしまった。

（なんてことだ……信じられるか？　この子は第三議会で最も影響力を持つシェーンハイト伯と《三百人委員会》を相手にしながら、この余裕を維持している）

　安堵と希望。

　凛とした後ろ姿を見ながら、カイルは思う。

（すごい。この子は本当にすごい）

　査問会議の会場に着いた私は、悪女らしくシェーンハイト伯を思う存分挑発してやった。
　こういうのができることが悪女の良いところである。
　正義の味方じゃできないからね。
　欲望のままにやりたいことをやりたいようにやるのが悪の道。

シェーンハイト伯もまさか、私が何事もなかったかのように会場に現れるとは思っていなかったのだろう。

びっくりしてる反応が気持ちよかった。

到着するまでの間、汚れたドレスを涙目になりながら手洗いし続けた甲斐があったぜ。

（《衣類をやさしく洗濯する魔法》が使えてよかった）

生活魔法しか使えなかったからこそ、その分野なら誰にも負けないくらいに練習してきた私だ。《衣類をやさしく洗濯する魔法》に関しても、その道一筋で生きてきた熟練洗濯師さんに匹敵するレベルの技術を持っていると自負している。

一方で、私が警戒していたのはシェーンハイト伯と話していた人物のことだった。

最初に会ったときとは異なる変装した姿だったけれど、そこにいたのが誰なのか私は気づいている。

（私を気に入って支援物資を送ってくるやばいストーカー……！）

隣国の商会長らしい彼は、我が身を守るために差別主義者を演じていた私をいたく気に入るという筋金入りのイカレ野郎なのである。

きっと一日に八回は民族浄化ダンスを踊らないと禁断症状が出てしまうみたいな狂気的な思想の持ち主なのだろう。

さっきも、シェーンハイト伯を煽（あお）る私をやけにキラキラした目で見ていたし。

（絶対に関わらないようにしなければ……）

改めて決意しつつ、査問会議が始まるのを待つ。

査問会議が行われる会場は、第三議会が定例会議に使用している議場だった。

この国の議会が使うものとして一般的な構造。

中央の席に座った私を、第三議会に所属する貴族たちが取り囲んでいる。

注がれる視線。

張り詰めた空気。

私は張り切って悪女っぽい振る舞いを披露する。

椅子に深く腰掛け、持ち込んだ紅茶を飲む。

いつもはたくさん入れる砂糖も今日は入れない。

悪女っぽくないからだ。

おしゃれは我慢と言うけれど、悪女になるにも我慢が必要なのである。

（うう……渋いわ……）

顔をしかめる私の視線の端で、会場の関係者さんが話していた。

「すみません。魔導式送風機の調子が悪くて」

どうやら、設備の管理を担当している方らしい。

室温が高くなってしまい申し訳ないと何度も頭を下げながら、貴族たちに冷たいジャスミンティーのグラスを配っている。

私の分のジャスミンティーはなかった。

貴族たちは少し優越感を感じているみたいだった。

（ぐぬぬ……今に見ておれ）

内心の怒りを堪えつつ、涼しい顔で持ってきた紅茶を飲む。渋い。

会議は傍聴者を入れず密室で行われるという。

その方がより確実に私を叩き潰すことができると考えたのだろう。

慎重で常に確率が最も高い方法を選択するシェーンハイト伯らしい判断。

「それでは、始めましょう。今回皆さんに集まってもらったのは、ミーティア・リュミオールがリネージュの地で行っている悪政について処罰を下すためです」

シェーンハイト伯が子飼いにしている議長が言う。

続いて壇上に立って説明を始めたのは、シェーンハイト伯の側近であるアロンソ伯だった。

「まずは彼女の行っている施策が如何にひどいものかご覧に入れましょう。手元の資料をご覧ください」

そして始まったのは、私に対する弾劾（だんがい）だった。

「領民を強制的に働かせての強引な開墾。持続性と財源の安定性を考慮しない異常な額の減税。出所が怪しい資金を使って、周辺地域の貧困層にお金をばらまいているという噂もあります」

アロンソ伯は朗々とした声で続ける。

「愚かしく無謀な政策によって領民の不満は増大。治安は悪化の一途を辿り、税収も過去の水準に比べて明らかに少ない数字になっています。たとえ魔法が使えない人々に対しての行いであるとしても、私たちは廉潔な愛国者の一人としてこれ以上彼女の愚行を見過ごすわけにいかない」

「ありがとうございます、アロンソ伯」

満足げにうなずいて議長は言う。

「続いて処罰についての検討を――」

「お待ちください」

私は手を上げた。

視線が私に注がれる。

議長は手元の資料に視線を落として続けた。

「彼女の処罰についての検討をします」

「魔法国における査問会議では、査問対象による答弁が行政法第二十二条によって認められています。廉潔な愛国者である皆さんが、国が定めている法律を破るなんてことはしないですよね？」

議長は唇を引き結んだ。

沈黙が議会を浸した。

議長は感情のない声で言った。

「先ほどの答弁に意見があるなら述べたまえ」

「ありがとうございます。まず、事実関係を精査させてください。アロンソ伯が言った領民の不満の増大と治安の悪化。こちらについて客観的かつ信頼できるデータはあるのでしょうか」

「私とシェーンハイト伯が部下を使って調査を行った」

「どのような方法で行ったのですか？」

「現地に赴き、聞き込みを――」

「こちらにリネージュの北側にある関所の通過記録があります。該当しそうな人物の名前はここにありませんが」

「調査は信頼性を確保するために情報を伏せて行った。そんなこともわからないのか」

「だとしても、該当する方はいません。元々往来が多い地域ではないのでそれらしい方がいるとわかるはずなんです。貴族家の関係者が魔法を使えない人々の住む地に訪れることって稀なので」

「…………」

「現地に訪れてないのに信頼できる調査ができるなんて、さすがアロンソ伯の部下の方は優秀ですね。私は能力が無いので、現地の人々と接して調査を行いました。リネージュの方二千人から署名付きで取ったアンケートです。『すごく満足している』と『概ね満足している』を合計すれば96パーセントの方が私の政策に納得していることになる。不満が増大しているとは言えないのではないでしょうか」

私は言う。

「治安の悪化についても同様です。こちらに、リネージュにおける過去二十年の犯罪件数をグラフにしたものをご用意しました。例年と比べてリネージュにおける犯罪件数は著しく減少している。いったい何をもって治安が悪化したと述べているのか論拠を聞かせていただきたいのですが」

「査問にかけられている君が取ったデータに信憑性があるとは認められない」

「現地に訪れてもいない人が作った感想文よりは信頼できると思いますけど」

「静粛に。アロンソ伯の調査は信頼できるものだ。ミーティア・リュミオールの異議を却下します」

「……わかりました」

議長の言葉に、私は口をつぐんだ。

これではっきりした。

今回の査問会議は、初めから結論が決まっている。

議長を含め、全員がグルになっていて、どんなに真っ当な意見を伝えたところで状況が覆ることはない。

だとすれば、抵抗するだけ労力の無駄というものだ。

私は足を組み、頬杖をついて会議の進捗を眺めた。

どうでもいい人たちがどうでもいいことを言っていた。

私に対する悪口が飛び交い、リネージュの人たちに対する侮蔑が飛び交った。

私は小賢しい愚か者の小娘として散々罵倒された。

リュミオール家の令嬢ということを忘れてしまうくらい、先ほど私がした発言は彼らの感情を逆なでするものだったのだろう。

あるいは、お父様から「私を潰せ」というお達しが出ているのかもしれない。

どうでもいいことだ。

私は《紅の書》に『もしも私が異世界に転生したら』という内容の妄想小説の設定を書きながら時が過ぎるのを待った。

「ミーティア・リュミオール。まずは更生への第一歩としてここにいる皆様への謝罪から始めていただきたい」

議長の言葉に、私は言った。

「謝罪が必要なことは何一つしていませんが」

「ここまで来てまだ自らの非を認めないのですか」

「ええ。むしろ皆様に私への謝罪を要求したいくらいです。遠方に呼びつけられ、誰かが用意した賊に襲撃された上に罵倒され続けて、私の心労は計り知れないレベル。謝罪してもらわないとうっかり皆様に報復をしてしまうかもしれません」

「報復……？」

私の言葉に、アロンソ伯は嗜虐的な笑みを浮かべた。

「できるものならやってみたまえ。無力な子供である君にこの状況で何ができる」

「子供でもできることはありますよ」

「それは興味深い。見せていただきたいものだ。どうせ、大したものではないだろうが」

勝利を確信している様子のアロンソ伯。

周囲の貴族たちも同様だった。

追い詰められた小娘に好奇の視線を向けている。

私は深く息を吐いて紅茶を飲む。

それから言った。

「不思議だとは思いませんでしたか？」

声が会議室に響く。

「どうして今日に限って送風機の調子が悪いのか。冷たいジャスミンティーのグラスを配ってくれた関係者の方は、本当に皆さんが知る人物だったのか」

「何を――」

雪崩（なだれ）のような音が響いたのはそのときだった。

議席に座る貴族たちが崩れ落ちたのだ。

二十人以上の貴族たちが意識を失う異常な光景。

「貴様、まさか……」

よろめきながら、懸命に自分の意識をつなぎ止めるアロンソ伯。

「会議でお疲れだと思いまして強めの眠り薬を入れさせてもらいました。目覚めたときには二度と逆らえない状況になってますので。安心して、ごゆっくりお休みください」

アロンソ伯が崩れ落ちる。

沈黙が部屋を満たしていた。

深い海の底のように静かだった。

私は優雅に紅茶を飲んで、その沈黙を楽しんだ。


「さすがの手際です、ミーティア様」

部屋に入ってきたのは、貴族たちにジャスミンティーを配っていた会場関係者の男性だった。

今日初めて会った彼が本当は誰なのか、私は知っている。

「ううん。全部ヴィンセントのおかげ。ありがとう」

男性が特別製の変装用マスクを取る。

中からヴィンセントの顔が現れた。

二人で貴族たちを身動きできないように拘束して、控え室に移す。

第三議会の貴族たちを眠らせたのは、彼らを会場で拘束して動きを封じるためだった。

その隙にシエルと元暴徒さんたちが、彼らに成り代わって邸宅に潜入。

当たりを付けていた弱みとなる機密資料を収集する。

「隠していた証拠資料、ばっちり全部取ってきました」

数時間後、みんなが集めてきた機密資料の数々に私はシエルと手を打ち合わせた。

「それじゃ、第三議会を掌握しちゃおうか」

私は会場の一室を使って、シェーンハイト伯と深い関係を持つ貴族たちと一人ずつ面会を行った。

「汚い手を使いよって……だが、私は誇り高き魔法国貴族の一人。貴様に屈することは決して――」

「こちら、貴方が行ってきた誇り高き収賄の証拠資料です。この規模ですと、十年は魔法監獄で暮らさなければなりませんね。私は優しいので貴方が言うことを聞いてくれるなら、黙っておいてあげてもいいですよ?」

「…………」

誇り高い貴族さんたちには、自分の身が一番大切だという共通の性質がある。

「……わかった。君の指示に従おう。何でも言ってくれて良い」

みんなが集めてきてくれた証拠資料を使って弱点を突き、私は手際よく貴族たちを籠絡していった。

私に意地悪をしたアロンソ伯と議長にもたっぷりお返しをしてから、すべての鍵を握るシェーンハイト伯と向かい合う。

「自らは手を汚さず、部下と側近を使って私を追い詰める。第三議会で最も優秀な貴方らしい見事な手際でした。でも、今回は相手が悪かったですね。こちら、貴方が二十年にわたって行ってきた脱税の証拠資料です。東部地域で絶対的な権力基盤を持つ貴方でも、さすがに王室を敵に回すのは困るでしょう。私は優しいのでこれから貴方が私の言うことを聞いてくれるなら黙っておいてあげてもいいですが」

「私の負けだな」

シェーンハイト伯は言う。

「見事なものだ。君が私の想像をはるかに超える傑物であることは認めよう。だが、君はひとつ見込み違いをしている」

「見込み違い？」

「この国を覆う闇は君が考えているより深い」

その言葉が、単なる負け惜しみではないことは感覚的にわかった。

「私が勝てる可能性はどのくらいあると思いますか？」

「未来のことは誰にもわからない。だが、極めて難しい戦いになることは間違いないだろうな。無謀と言ってもいいかもしれない」

「良いですね。高い壁の方が越え甲斐があります」

「もし君が本気でそれを成そうとしているのならば、まず始めに彼を打倒する必要があるだろうな」

「彼？」

「現段階で君の存在を最も疎ましく思っている人物」

「お父様、ですか」

私は深く息を吐いて言った。

「その口ぶりだとシェーンハイト伯のところにも、陰から働きかけをしていたみたいですね」

「できるだけ早く行動を開始した方が良い。第三議会が失敗したことに気づけば、リュミオール伯は全力で君を消すために動くことだろう。彼は手段を選ばない。領民や君に仕える者たちにも犠牲になる者が出るだろうな」

何もしなければ、間違いなくシェーンハイト伯の推測通りになると思った。

あの人は魔法適性を持たない人のことを人間だと考えていない。

だから何の罪悪感も持つことなく簡単に命を奪うことができる。

「させません。その前に私が父を叩き潰します」

「良い目をしている」

シェーンハイト伯は口角を上げて言った。

「もし君がこの戦いを生き残ることができたなら、私は君を支援することを約束しよう」

「私が脱税の情報を握っている時点でそれは既に確定してますけどね」

「君には敵わないな」

シェーンハイト伯は笑って首を振った。

「励みなさい。闇の深さに呑まれないように」

砕け散る音が悲鳴みたいに響いた。

壁から垂れる真紅の液体と破砕したワイングラス。

聞かされた自身の娘についての報告。

胸を焼く激しい怒り。

「無能どもめ……出来損ないの娘一人叩き潰せぬとは……」

状況は、《三百人委員会》の中でさらなる出世を求めるラヴェル・リュミオールにとって厳しいものになりつつあった。

彼が主導して行ったリネージュにおける細菌兵器実験の失敗。

加えて、貴族社会の中では着実にミーティア・リュミオールの噂が広がっていた。

前例や貴族社会の常識に従わず、魔法適性を持たない者を人間扱いする変わり者の娘。

その存在は、優生思想を持つ貴族たちにとっては裏切りにも見えかねないものだった。

冷ややかな目を向けられることが増えた。

周囲から問題を抱えていると認識されている。

その事実がプライドの高いラヴェルは許せない。

「ラヴェル様。お客様が」

訪ねてきたのは、三大公爵家のひとつであるローエングリン家当主アレクシスだった。

慌てて出迎え、深く頭を下げた。

「申し訳ございません。予期せぬことが多く少し時間がかかっておりまして」

「何を謝ることがあるのですか。私は貴方を高く評価しているのですよ」

アレクシスは意外そうに言った。

「見事な手際でした。第三議会の貴族たちを動かし、自然な形でミーティア・リュミオールを潰すための査問会議を開いた。その上で、彼女に彼らを屈従させることでその優秀さをたしかな形として示した。素晴らしい働きと言わざるを得ません。我々の中でミーティア・リュミオールの価値はさらに高いものになっている。貴方の働きのおかげです」

それから、にっこりと目を細めて続けた。

「大丈夫です。私はちゃんとわかっていますから。だって意図したことでなければ、貴方は十歳の娘を本気で潰そうとして出し抜かれた、救いようのない愚物ということになってしまうでしょう？

優秀な貴方に限ってそんなことはあるわけがない。そうですよね」

「…………」

「よかったです。最高幹部の一人にそんな無能がいるとなったら大変な事態ですから。一刻も早く外れてもらうことになってしまうので」

アレクシスはラヴェルの肩を叩いた。

耳元に口を寄せて言った。

「これが最後のチャンスです。早くしないとみんなに無能だとバレてしまいますよ？」

アレクシスが帰ってからも、ラヴェルは応接室で座り込んだまま動くことができなかった。

もはや猶予はない。

どんな手を使ってもあの娘をこの世から消し去らなければならない。

「金で殺し屋を集めろ。あの娘を殺せ」

ラヴェルの言葉に、老執事は青い顔で言った。

「しかし……ミーティア様は現地の住民から非常に強く慕われていると聞きます。暗殺されたなんてことになれば彼らが以前のように暴徒と化す可能性も」

「兵を送り皆殺しにして鎮圧すれば良い。元々生きている価値のない連中だ」

「ですが、事が明るみに出れば責任問題にも――」

「相手が劣等種なら簡単にもみ消せる。発覚しなければ何もないのと同じだ」

ラヴェル・リュミオールは感情のない目で言った。

「邪魔する者は殺して構わない。どんな手を使ってもあの娘を殺せ」

第四章 ◆ 華麗なる悪女

シェーンハイト伯との会談を終えた私は、リネージュに帰る馬車の中で計画を立てた。

慕ってくれる領民さんたちに被害が出る前に、お父様の動きを封じ込めないといけない。

「じっくり準備している時間は無い。第三議会が私を潰せなかったことは、おそらく数日も経てばお父様にも伝わるだろうから」

「リネージュのその周辺にも既に密偵が潜り込んでいる様子ですからね」

「動きを封じ込めるのは難しそう？」

「ある程度制限することはできると思いますが、それにも限界があります。まだ全容を把握できているわけでもありませんし。第三勢力の密偵も紛れ込んでいるようですから」

「第三勢力？」

「王室と繋がっている密偵が入り込んでいることを確認しています」

「王室の関係者が……」

随分動きが早いな、と感心する。

腐敗した貴族社会の中で、王室は比較的民のことを考えて動いている印象があった。

誇りと矜持を持った良心的な人が内部にいるのだろう。

しかし情報を封鎖したい今、未確定の第三勢力の存在は状況への対処を難しいものにしていた。

「こうなったら先制攻撃しかないわね。兵は拙速を尊ぶ。こちらから奇襲をかけて、相手の弱みを握り身動きできない状況にする。何か弱みになりそうな情報ってある？　お父様が隠しているものとか」

「いくつか心当たりはあります」

「半端な情報では火に油を注ぐだけで終わってしまう可能性も高い。一撃で息の根を止められるものがいいんだけど」

「少しだけ時間をください。ラヴェル様邸宅の調査を行います」

翌日、元暴徒の育成中エージェントを連れてヴィンセントとシエルは、お父様の邸宅の調査に出発した。

私は日課になった畑仕事をしてその日を過ごした。

生活魔法で荒れ地を開墾し、水やりをした。

開墾作業と職業支援によって、リネージュでは周辺地域に負けない品質の作物が採れるようになっていた。

土壌の栄養も十分以上に確保できているみたいだし、既に立派な農園と言っても差し支えないレベル。

　このペースで開墾作業を続けることができれば、魔法国屈指の大規模農場ができあがる未来も夢じゃない。

「今でも信じられません。作物不毛の地だったのが嘘のようです」

　お昼休み。

　ヴィンセントが持たせてくれたお弁当を食べていると、声をかけてくれたのは一人の老婦人だった。

「ミーティア様のおかげでこの地は変わりました。孫も農園で働くことができてとても喜んでいます。貴族家の方が私たち魔法適性を持たない者に提供するものとしては、信じられないくらいに働きやすい条件ですし」

「いや、他の貴族がおかしいだけで普通ですからね」

「この国で魔法適性を持たない者を普通に扱ってくれるのはミーティア様だけです。本当になんとお礼を言えば……」

　老婦人はそこで泣き出してしまった。

　経験してきたつらい記憶がそこに滲(にじ)んでいた。

（私は人として普通のことをしてるだけなのに）

　それでも、その普通さえ享受できない人がこの国にはたくさんいる。

歴史と伝統。

長い年月をかけてつくられた歪んだ価値観と既得権益。

（叩き潰さないといけないわ。強く気高き悪女として、気に入らないものは徹底的にぶっ壊してやるんだから）

決意を新たにしつつ、鍬を振るう。

日が暮れるまでたっぷり働いて、心地良い疲れと共に帰り道を歩いた。

いつもはシエルとヴィンセントが迎えに来てくれるが今日はいない。

お父様に先制攻撃するために、リュミオール家邸宅の調査に出かけているからだ。

一人で過ごすのが少し寂しかった。

変だな、と思う。

幽閉されていた頃は、一人でいても何とも思わなかったのに。

見慣れた家も今日はなんだか別物みたいに余所余所しく感じられた。

まったく同じなのに、何かが少しずつ違っているような気がした。

まるで現実とは違う間違った世界に迷い込んでしまったみたいな。

（待て。冷静に考えろ。本当にいつもと同じか？）

見過ごしてはいけない何かがそこにある気がした。

注意深く調度品の位置を点検する。

私が出発した朝から何も変わっていないように見える。

しかし、本当に変わっていないのか私には確信が持てなかった。

そもそも、私は周囲のものの位置関係をどこまで正確に把握できているのだろう。

少し違っていても多分気づかない。

だとしたら違いを把握しようというこの試み自体、意味があるかは怪しいことになる。

(ひとまずここを出て誰かと合流を――)

家とその周辺を警備してくれている元暴徒さんたちに合流しようと身体を起こす。

しかし、そう判断したときにはすべてが手遅れだった。

首筋に添えられた刃物の冷たい感触。

「動くな。少しでも動けば殺す」

感情のない声が耳元で響いた。


ドアノブが回る音が聞こえたのはそのときだった。

扉が開いて、男が部屋の中に入ってくる。

針金細工のように、背が高く手足の長い男だった。

側近らしい二人の男女を引き連れている。

「警護していたやつは隣の部屋で寝ている。助けが来ることは期待しない方が良い」

男は言って、私の向かいにあったソファーに腰掛けた。
足を組み、慣れた所作でパイプ煙草に火を点けた。
白い煙がパイプの先で揺れた。
私は首筋に冷たい刃を感じながら、意識して身体を動かさないように努めた。
しかし、それは予想していたよりも簡単なことではなかった。
動かさないように意識すればするほど、身体はかすかに身じろぎして、私を悩ませた。
もし少しでも変な動きをすれば、刃物は私の喉を裂くことだろう。
一歩間違えば私の命はそこで終わる。
こみ上げる恐怖と伝う冷たい汗。
それでも取り乱さずにいられたのは、憧れる悪女の存在が心の中にあったからだった。
あの人なら、この状況でも気高く優雅に振る舞うから。
打開策を見つけだして、かっこよく窮地を脱するはずだから。
私はあきらめないし、取り乱さない。
「気が乗らない仕事だ。こんな子供を殺すなんてな」
男は冷めた口調で言った。
「では、見逃してもらえませんか？」
「悪いな。こちらも仕事なんんだ」

「私も仕事の話をしています。見逃していただけるなら、お父様が支払った倍の金額をお渡ししましょう」

「面白いことを言う。お前にそれが用意できるのか？」

「奥の戸棚にあるケースを開けてください」

私の言葉に、男は斜め後ろに立っていた女に目配せする。

女はうなずいて戸棚を開けた。

罠を警戒しつつ、慎重な手つきでケースを開けて息を呑んだ。

男の足下に、ケースの中身を持ってきて広げる。

並べられた金貨が魔導灯の灯りを反射してきらめいた。

「足りないと言ったら？」

「戸棚の奥に隠し扉があります。倍の量の金貨がそこに隠してあります」

女が戸棚の奥を確認する。

隠し扉を見つけて、男に合図を送った。

「大したものだ。依頼主があんたを消したいと思う理由がわかったよ」

男は言う。

「だが、相手が悪かったな。重要なのは金よりも信用だ。一度裏切ったやつは何度でも裏切る。俺はそういう人間を信用しない。何より自分がそうなりたくない」

「さらに多くの額をご用意できるとしてもですか?」

「人間は命乞いをする際なりふり構わず嘘をつくものだ。その類いの言葉は信用しないと決めている」

懐柔できる相手ではないらしい。

多分、裏社会では相当名の通った殺し屋なのだろう。

とはいえ、ここまでは想定していた。

チャンスがあるとしたら一度だけ——

私は顔を俯け、静かに心を整えてその機会を待つ。

前髪の隙間から横目で、金貨が詰まったケースを開ける女の動きに呼吸を合わせた。

男は、はっと何かに気づいて鋭く言う。

「待て。開けるな」

しかし、男の言葉は間に合わなかった。

ケースから広がる白い煙。

目くらましの白煙が広がる中、私は背後の殺し屋に魔力を叩きつける。

意識を刈り取り刃物を奪い取って、ソファーに座る男を倒そうと反転して——

しかし、次の瞬間私は組み伏せられていた。

予想していない場所からの一撃。

大人の体重に、子供の身体が軋む。
必死で抵抗しようともがくけれど、逃れることができない。
煙が晴れたとき、長身の男は変わらない様子でソファーに座っていた。
私の身体を組み伏せているのは二人の男だった。
他にも四人の男たちが私を取り囲んでいる。
（伏兵――）
私が認識していた他に、六人の殺し屋がこの部屋には潜んでいたのだ。
明らかに過剰な戦力。
お父様は絶対に私を殺そうと準備を整えたのだろう。
戦いが始まった時点で私の敗北は決まっていた。
振り下ろされる刃。
まだやりたいことがたくさんあるのに。
（こんなところで――）
迫る死の恐怖に目を閉じたそのときだった。
鼻先をかすめる冷たい風。
蹴り飛ばされた刃物が床を転がる音。
目を開けた私が見たのは、スーツに身を包んだその人たちの後ろ姿だった。

「遅くなりました。ミーティア様」

執事服の襟元を正すヴィンセント。

さらに、元暴徒のエージェントさんたちが私を庇うように立っている。

「取り押さえろ」

ソファーに座った男が言う。

一斉に襲いかかる殺し屋たち。

振り抜かれる刃をかわして、ヴィンセントは殺し屋を投げ飛ばす。

投げた男の身体を利用して一人を無力化すると同時に、すぐ傍まで迫っていたもう一人に蹴りを入れた。

芸術の域まで磨き上げられた美しい体術。

その隣で、エージェントたちが連係して殺し屋たちを無力化していく。

魔法が使えずに育ったこともあって身体を使う機会は多く、元々体術の素養はあったのだろう。

加えて、彼らの手には見たことのない特殊な武器が握られていた。

麻酔針が仕込んである傘とステッキ。

付与魔法と魔術繊維が編み込まれた防弾仕様のスーツ。

踵(かかと)から刃が飛び出す靴。

高圧電流が流れる指輪。

まるで本物にしか見えないスパイガジェットの数々。

「な、何者だこいつら……」

呆然と一人の殺し屋がつぶやく。

想定外の敵と特殊武器を前に、為す術無く撃退されていく殺し屋たち。

「なんとか武器を最低限扱えるところまでは持っていけていたのが幸いでした」

ヴィンセントは手袋の裾を引きつつ言う。

「まだまだ物足りないところも多いですが、最低限戦力として計算することはできるかと」

「…………」

いや、強いよ。

強すぎだよ。

エージェントなりきりごっこでやっていいレベルを完全に超えてるんだよ。

「大丈夫ですか、ミーティア様」

気遣ってくれるエージェントさんたちを呆然と見上げる。

部屋の外から、シエルが駆け寄ってきて私を抱きしめた。

「怖かったですよね。もう心配ないですから」

（いや、驚きすぎて怖いみたいな気持ちが吹っ飛んじゃったというか……）

目の前に広がる異常な光景。

殺し屋たちを蹂躙するごっこ遊び仲間たちの姿を、呆然と見つめることしかできない私だった。

「俺たちの負けだ。煮るなり焼くなり好きにすれば良い。仕事とはいえ、それだけのことをした。覚悟はできてる」

殺し屋のリーダーらしい男は、堂々とした口調で言った。

誇りと矜持を感じる態度だった。

私は彼らを拘束して、自警団に引き渡すことにした。

処遇を伝えると、リーダーの男は怪訝な顔で言った。

「あまり良い選択とは言えないぜ、嬢ちゃん。自警団に引き渡せば、俺たちの身柄は高等法院に委ねられることになる。あそこは不正と癒着の温床だ。俺たちのクライアントも多くいる。適当な理由を付けて一週間も経たずに釈放されるだろうよ」

「いいんです。他の貴族たちに私たちの力を示すことができる。ことあるごとに殺し屋を送られても面倒なので」

「それが目的なら、俺たちを殺しても問題はないはずだ。死体を適当な貴族の家の前に並べておけば、あんたのプラン以上の効果が期待できる」

「そんなに死にたいんですか？」

「死にたくはないさ。ただ、少し甘いんじゃないかと感じただけだ」

リーダーの男は言う。

「あんたが対峙しているのは、利益と保身のために平然と人を殺すことができる外道どもだ。救いようのない悪人だが、だからこそ他者を平気で裏切り、蹴落として繁栄を謳歌している。殺したくないなんて贅沢を言っていると足をすくわれるぜ」

「ご忠告ありがとうございます。でも、私が殺しを選択しないのは単純にそのやり方が最善だと思わないからなんですよ」

私は言う。

「私、ものを捨てられない性格なんです。勿体(もったい)ないなって。まだ使えるかもって思ってしまう。敵対した人たちについても同じです。生きていてくれれば、何かの時に利用できるかもしれない。だったら殺さない方が良い選択じゃないですか。特に貴方は見逃してくれたことを恩義として認識してくれそうな人柄のように見えますし」

「俺を生かして後で利用しようと布石を打っていると」

「ええ。絶賛悪巧みの途中です」

私の言葉に、リーダーの男は笑った。

「なんて嬢ちゃんだ。まったく」

やれやれ、と首を振ってから言った。

「大したもんだよ。もしかしたら、世界を変えるのはあんたみたいなやつなのかもな」

縛り上げた殺し屋たちを自警団に引き渡してから、私はお父様を打倒する計画をヴィンセントと立てた。

今回は被害を出さずに済んだけれど、次もうまくいくとは限らない。

送り込んだ殺し屋たちが失敗したことを知れば、お父様はさらに強硬な手段で私を亡きものにしようとするだろう。

間違いなく仲間や領地の人たちにも被害が出る。

その前にお父様を叩き潰し、二度とそういうことができない状況を作らないといけない。

しかし、そんな大変な状況にもかかわらず、私は目の前にある予想外の光景に激しく混乱していた。

「あの、シエル……近いんだけど」

「我慢しなくて大丈夫です。こうすることでしか解消できない不安もありますから」

戻ってきたみんながやたらと私のことを心配してくれるのだ。

シエルはずっと私のことを抱きしめて離さないし、ヴィンセントもちらちらとしきりに私の方を見ながら、お菓子やらケーキやら用意して持ってきてくれる。

「どんなことでもご遠慮無くお話しください。私で良ければ、何時間でも何日でも話を聞きます」

完璧な執事としての優美な表情に、心配そうな感じが混じっていた。

（やさしくされすぎて困惑してるとは言えない……）

たしかに客観的に見れば、私は殺し屋に襲撃されて間一髪救われた十歳の子供なわけで、心配に思うのは自然なこと。

心に傷ができて、今後の人生にもよくない影響が出るんじゃないかと不安に思っているのだろう。

心配してくれているのは、元暴徒のエージェントさんたちも同じだった。

「俺たちにできることがあったらなんでも言ってください」

「これ、俺が作ったさくらんぼのタルトなんですけど」

「いつでもどんなときでも私たちはミーティア様の味方です」

大事にされすぎている状況に、困惑せざるを得ない私だった。

まさかこんなに心配してくれるなんて。

心がふわふわしてなんだか落ち着かない。

こんな風にみんなから心配されて、優しくしてもらうのはほとんど経験がないことだったから。

驚くべきことに、その日の作戦会議はそのまま私甘やかし態勢で行われた。

シエルに後ろから抱きしめられながら、私はヴィンセントの調査報告を聞いた。

「ラヴェル・リュミオールの急所を突き止めました。狙うべきは私室の金庫にある機密資料です」

ヴィンセントは言う。

「リュミオール家が過去三十年にわたり行ってきた黒い交際や金の流れのメモを彼はそこに隠して

います。外に漏れれば、築き上げてきた地位と名誉に大きな傷がつく。何より、出してはいけない資料と情報を流出させてしまったとなると、もう貴族社会で生きていくことはできない」

「忍び込んでそれを手に入れることができればお父様も私たちに手出しできなくなる」

私の言葉に、ヴィンセントはうなずいてから続けた。

「問題は、ラヴェルの屋敷に魔法国屈指の厳重な警備体制が敷かれているということです。ここ数日でさらに人員を増やしている。あの警戒網をかいくぐって内部に侵入し、機密資料を手に入れるのは、容易なことでは無いと言わざるを得ません」

「でも、私たちならできる。そうでしょ」

「ええ。その通りです」

二人で笑みを交わす。

でも、シエルが私を抱きしめているので悪女感はいまいちだった。

残念ではあるけど、大切にされてうれしい部分もあるので仕方ない。

作戦の立案には、ヴィンセントが育ててくれた元暴徒のエージェントさんたちも協力してくれた。

「屋敷の設計を担当した建築家のアトリエに潜入し、リュミオール伯邸宅の構造図を入手しました。ご活用ください」

「日常的にリュミオール家敷地内に出入りしている人間のリストです。一通り身元を調査した上で成り代わりやすい有力候補にはチェックをつけました」

「作戦目標である金庫を製造した職人を特定しました。構造図などの資料が残っていないか捜索を続けています。明日朝までには結果が出るかと」

瀟洒な外套に身を包んだその人たちの出で立ちには隙ひとつない。

磨き上げられた靴と皺一つ無いスーツ。

ヴィンセントの訓練によってその立ち振る舞いにはさらに磨きがかかっている。

まるで物語の中からそのまま出てきたみたいなエージェントチーム。

（やっぱり完全に本物……というかもはや本物も超えてるような……）

少し前まで「ヒャッハー！」とか言いながら暴徒やってた領民さんたちなのに。

あまりの変わりように呆然としていた私だけど、協力してくれる仲間としてはすごく心強い。

「みんなミーティア様に感謝しているからこそ熱心に励んでくれているのですよ」

小声で微笑むヴィンセントに笑みを返す。

初めてできた同じ趣味の同志が、ここまで見事なごっこ遊び仲間を育ててくれたのだ。

私も悪女なりきりマスタークラスの実力を披露しなければ。

「シエル。お願い」

「はい、ミーティア様」

シエルは目を細めて背中を押してくれる。

歩み出た私は、かっこよく髪をかき上げて振り向いた。

「向かってくる者には容赦しない。二度と刃向かえないところまで徹底的に叩き潰す。それが私たちのやり方よ」

私は言った。

「肥え太った悪徳貴族に教育してあげましょう。この世界を統(す)べるのにふさわしい本当の悪というものを」

◆　◆　◆

夜。

リュミオール伯邸宅には通常時をはるかに超える警備態勢が敷かれていた。

警護に就いている私兵は二百人以上。

魔法国有数の大邸宅であることを考えても異例の人数が動員されているのは、ラヴェルが誰よりも裏切りを恐れているからだった。

隙を見せれば背後から刺されるのが貴族社会。

弱った者を切り捨て、地位を守ってきたラヴェルだからこそ、裏切りには強い恐怖と警戒心を持っていた。

東門を警備する五人の魔導騎士たち。

魔法国が誇る育成プログラムによって作られた兵種である彼らは、世界でも珍しい剣と魔法を組み合わせて使えるという性質を持っている。

万全な警備態勢。

指示通り警戒を続ける彼らの前に現れたのは、リュミオール家と深い付き合いのあるバティエン商会の荷馬車だった。

「訪問の予定はあったか」

「いえ、ありません」

短く言葉を交わしてから、魔導騎士たちは荷馬車を取り囲む。

「どういった御用向きで来訪されたのでしょうか」

「実は以前から旦那様が探していらした貴重な迷宮遺物が、競売にかけられるという話がありまして」

荷馬車から降りて言ったのは、ラヴェルと懇意にしているバティエン商会の商会長だった。

貴族社会では誰もが顔と名前を知っている大物の一人。

「申し訳ありません。予定されていないご訪問は受付できない規則になっております」

「存じております。しかし、競売が行われるのは明日の朝なのです。もし競り落とすのであれば旦那様にもご助力をいただく必要がある。商会の資金だけで競り落とせるような小物ではないのです」

商会長は言った。

「旦那様に事情をお話しください。ここで私を帰らせると、旦那様は烈火のごとくお怒りになりますよ」

「……承知しました。少しの間お待ちください」

魔導騎士たちが確認を取ろうと反転したそのときだった。

商会長の右手が消える。

崩れ落ちる魔導騎士。

息を呑んだのはすぐ隣にいた魔導騎士だった。

（なんて速さの手刀……目で追えなかった）

戸惑いつつも後ろに下がり、距離を取りつつ攻撃態勢を取る。

視界の端を横切ったのは、何かの影だった。

荷馬車から降り立つ黒ずくめの集団。

魔導騎士たちを取り囲み、傘と杖に仕込んだ麻酔針で無力化していく。

（いったい、何者……！）

その答えを彼が知ることはなかった。

黒ずくめの集団は、五人の魔導騎士全員が意識を失ったことを確認してから、彼らを拘束して馬車の中に運び入れる。

しばらくして、出てきたのは馬車の中に入れられたのと同じ外見の五人の魔導騎士だった。

彼らは東門を開ける。

三人が商会長と共に門をくぐり、二人が外に残る。

リュミオール家邸宅の広大な庭を進む商会長と魔導騎士。

夜露に濡れた芝生。雫(しずく)に歪んだ荷馬車が映る。

彼らに怪訝な視線が向けられたのは、邸宅の入り口でのことだった。

正面玄関を警護する四人の魔導騎士が近づいてきて言った。

「どうした？　訪問の予定は聞いてないが」

「緊急のご用件でどうしても、と商会長様が。ラヴェル様に確認したところ通して良いとのことだったので」

「それなら構わないが……しかし、いつの間に確認を――」

そこで言葉は途切れた。

正面玄関を警護する四人の魔導騎士たちは一斉に気を失って崩れ落ちる。

商会長と三人の魔導騎士が彼らを荷馬車に運び込む。

流れる静かな時間。

再び出てきた合計七人の魔導騎士は、正面玄関を開けて恭しく一礼する。

そして、荷馬車の中から出てきたのは小柄な少女だった。

美しい真紅のドレス。

長い髪をたなびかせ、少女――ミーティア・リュミオールは堂々と正面からリュミオール家の玄関をくぐった。

ラヴェル・リュミオールは毎夜七時半から食事を取る。
好んで収集している貴重なワインを飲みながら、料理人が作るディナーに舌鼓を打つ。
テーブル一面に並べられた料理の数々。
二十種類以上あるそれらの料理を彼はほとんど食べない。
平均して一口ずつ。皿が空になることは滅多にない。
九割以上の料理が残り、後は残飯として処理されることになる。
こうした食事のスタイルは貴族社会の中で決して珍しいものではなかった。
むしろ、彼が属する超上流階級の中では一般的とさえ言って良い。
如何に贅沢に金を使って過ごすことができるか。
彼らはそれを競い合い、自慢し合うことをひとつの楽しみとしていた。
「料理長を呼べ」
ラヴェルの言葉に、執事が一礼して部屋を出て行く。
しばらくして、部屋に入ってきたのは小太りの料理長だった。
「いかがなさいましたでしょうか」

彼の顔には、怯えの色があった。

ラヴェルは感情のない声で言った。

「どうしてこんな退屈な料理しか作れない。お前には想像力というものがないのか？」

料理長はびくりとふるえた。

「申し訳ございません。旦那様を楽しませられるよう懸命に努力しているのですが」

「それでこのざまか。救いようがない無能だな、お前は」

「本当に申し訳ございません。よろしければ、その……どこが退屈だったのか教えていただけないでしょうか。改善いたしますので」

「それを考えるのがお前の仕事だろう。そんな簡単なことすらわからないのか」

響く罵倒の声。

皿とコップが割れる音が響く。

それはラヴェルにとっては楽しみのひとつだった。

逆らえない相手をいたぶるのは心地良い。

説教と罵倒の快楽。

その行動は現状をよくするための手段ではなく、自身が気持ちよくなるという目的のために行われていた。

罵倒は十分以上続いた。

ラヴェルは料理長にマトンシチューの器を投げた。

器が割れ、マトンシチューが料理長の頭を濡らした。

額から赤い血が流れた。

そのマトンシチューは料理長が主人を満足させるために、十二時間煮込んで作ったものだった。

ラヴェルは満足して私室に戻ることにした。

老執事がすぐ後ろに付き添い、扉を開ける。

点灯する魔導灯。

慣れ親しんだ自分の部屋。

しかし、そこには何かいつもと違うものが混じっているような気がした。

違和感。

部屋を見渡してラヴェルは気づく。

ソファーに腰掛けた少女の姿に。

「お久しぶりです、お父様」

自らの足を引く出来損ないの娘——ミーティアがそこにいた。

◇　◇　◇

「どうやって中に入った」

お父様の言葉に、私は肩をすくめた。

「私はリュミオール家の娘ですから。家に帰るくらい普通のことではないですか」

お父様の眉間に皺が寄った。

不快な侮蔑の言葉を聞いたような表情だった。

「お前のような出来損ないは私の娘では無い」

「ひどいわ。私はお父様のことをちゃんと私の父親だって思っているのに」

私はいたずらっぽく笑って言う。

「私が来たのはお父様に、置かれている立場と振る舞いを教育してあげるためです。恵まれた立場を自分の力と勘違いし、横暴を繰り返して弱者を虐げる。見ていられない愚行と蛮行の数々。不本意ながら貴方の血を引く身内として、私は貴方の行いを正さなければなりません。だってこのままだとお父様はリュミオール家の恥以外の何物でもないのですもの」

「私が恥だと……！」

お父様は声をふるわせた。

「よく言えたな、出来損ないの無能が……！」

起動する魔法式。

水魔法の弾丸が私の頬をかすめる。

続いて、展開したのは弾丸の雨を降らせる魔法式。

一秒間に六十発の速度で放たれる弾丸の雨は、私の身体を紙屑みたいに引きちぎれるだけの力を持っていて――

しかし、弾丸の雨が放たれることはなかった。

トリガーとなる詠唱ができなかったのだ。

詠唱の言葉は、喉の奥にある水の塊に封じ込められている。

「あ……う……」

《草木に水をやる魔法》。下級の生活魔法ですが、それでもたくさん練習して扱い方を工夫すれば、攻撃魔法として使うこともできるんです。人間なんて、コップ一杯の水で簡単に窒息しちゃうので」

私は言う。

「私、一対一ではお父様より強いんですよ」

崩れ落ちるお父様に、喉を塞いでいた水魔法を解いてあげる。

お父様は床に手を突き、荒い呼吸を繰り返した。

しばしの間呆然としてから、顔を上げ私を睨む。

「殺す……どんな手を使っても殺してやる……！　兵士たちを呼べ……！」

慌てて老執事さんが兵士たちを呼びに行く。

部屋に飛び込んできたのは身辺警護を担当していた魔導騎士たち。

この屋敷で最も強い十人の精鋭だった。

主人であるお父様を守るように取り囲む魔導騎士たち。

この数を相手に一人で戦えるような力は私にはない。

「形勢逆転だな」

お父様は言う。

「お前は簡単には殺さない。徹底的に痛めつけて、私に楯突いたことを後悔させてやる」

押し黙る私を見下ろすお父様。

「怖くて何も言えないか?」

嗜虐的な表情。

勝利への確信と弱者をいたぶる愉悦がそこにはある。

「いえ。ただかわいそうだなって思っただけです」

私は言う。

「だって、自分が置かれている状況に気づいてさえいないみたいなので」

次の瞬間、魔導騎士たちの剣はお父様に向けられていた。

何が起きているのかわからないという顔で視線をさまよわせるお父様。

「馬鹿な……どうして……」

戸惑いの声。

魔導騎士たちが、顔の皮膚をめくる。

特殊な魔術繊維製の変装用マスク。

その下から現れたのは、領民出身のエージェントたちだった。

「お父様にご紹介しますね。貴方が劣等種だと見下してきた領民さんたちです」

言葉を失うお父様。

指を鳴らす。

私室の隠し扉が開いて、中から現れたのは空っぽの金庫だった。

貯め込んだ金貨の山も、絶対に奪われてはならない不正資料もすべて持ち去られている。

「お父様の財産と不正の証拠資料はすべて回収させていただきました。地位と名声と隠し財産のすべてを失い、囚人として過ごしたくなければ今後は私の指示に従って行動してください。安心してください。人として最低限文化的な生活はさせてあげます。私は優しいので」

「そん、な……」

呆然と空の金庫を見つめて言うお父様。

「ありえない……こんなことありえるはずが……」

「残念ながら現実です」

私はにっこり笑みを浮かべて言った。

「自分がしてきたことのツケを払ってくださいね、お父様」

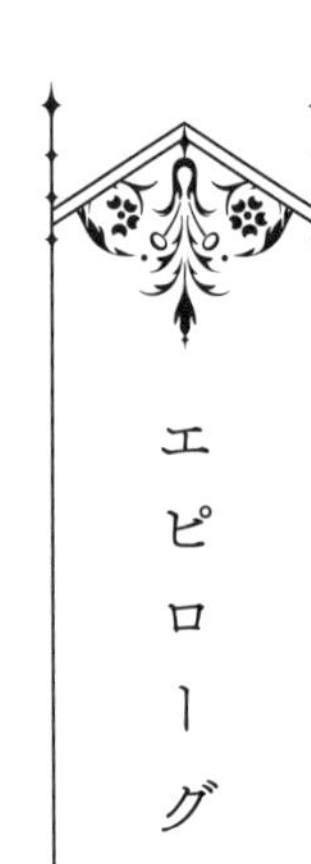

エピローグ

それから、不正の証拠資料と財産のすべてを握られたお父様は、私の言うことをすべて聞いてくれた。

大変悔しいのが伝わってくる表情だったけれど、自分の身が一番大切なのが魔法国貴族の性質。歴史に残る規模の脱税と贈収賄が白日の下にさらされ、地位と名声のすべてを失って魔法監獄に入れられるのは絶対に避けたいのだろう。

お父様には、リュミオール伯爵領内における伝統的重税の廃止と領地経営の健全化に向けて動いてもらうことにした。

「しかし、そこまで税額を下げるのは……」

「隠しファイル公開しちゃいますよ？」

「……わかった」

傲慢（ごうまん）だったお父様もこの通り。

部下や使用人への態度も逐一注意して、誇りある貴族として分別ある態度を心がけてもらっている。

その変わりように驚いたのは使用人と家族。

特に料理長さんは、「旦那様が私の料理をおいしいと言ってくれた……！」と随分な喜びようだったとか。

結果的にだけど、実家のために働いてくれていた使用人さんたちに恩返しができて、いいことしたなってうれしくなる。

お父様が貯め込んでいたお金は、各領地への設備投資と職業支援に使った。

さらに、領地間の関税を撤廃し販路を形成。

交易を活性化させることで、各領地の生産高を向上させていく。

そんな中でも特に、私と領民さんが作ったリネージュの作物は形が良く栄養価も高いと評判になっている様子。

魔法国の農業界隈では、新風を巻き起こす新進気鋭の農家として、私の名前は少しずつ知られ始めているらしい。

《野菜に魂を吹き込む凄腕》とか《土と対話するアーティスト》とか《一日で1ヘクタール開墾するやばいやつ》みたいなかっこいい異名までついているという。

これも私の圧倒的カリスマがなせるわざだろう。

自分の才能が恐ろしい。

一方で裏社会でも私の名前は少しずつ知られるようになっていた。

大量の資金を得たことで、ヴィンセントが作ったエージェントチームの規模も拡大。

元暴徒さんたちはすっかり一人前のエージェントになって、今や本物といっても何の違和感もない諜報組織と化していた。

「ミーティア様。こちら、圧力をかけてきた公爵の情報です。《三百人委員会》でも最高幹部を務めているという噂がある大物で――」

流麗な言葉遣いでの報告。

（この人、ちょっと前まで『ヒャッハー！』みたいなこと言ってたはずだよね……）

もはや完全に別人。

どこに出しても恥ずかしくない、スパイ小説の主人公みたいなエージェントぶり。

（ごっこ遊びだったはずなのに……どうしてこんなとんでもないことに……）

予想も想像もできるわけない状況に、呆然とせずにいられない。

「第三議会だけでなくリュミオール伯まで心変わりさせてしまうとは……君には本当に驚かされるよ」

極悪差別主義商会長が訪ねてきたのはそんなある日のことだった。

整った顔立ちと爽やかで洗練された振る舞い。

まるで自分を王子様か何かと勘違いしているかのようだ。

しかし、現実は世知辛い。

この人は、ロマンス小説における定番ポジションである王子様キャラとはかけ離れた、いかれた差別主義者の商会長なのである。

（やばい人だから絶対に仲良くなりたくない……）

なんとか愛想笑いしてやり過ごした。

思うようにいかないこともある。

すべてがうまくいくなんてことは人生にはなくて。

だけど、その分だけうれしいこともある。

「仕事をくれてありがとうございます、ミーティア様！」

慕ってくれる領民さんたち。

好いてくれてるのが伝わってきて、私をいつも笑顔にしてくれる。

「ミーティア様が望むなら、どんな願いでも叶えてみせます。そのための我々です」

私のために働いてくれる元暴徒のエージェントさんたち。

強くてスマートで、本当に心強いごっこ遊び仲間。

何より、その再現度と洗練されたかっこよさが私に幸せとわくわくをくれる。

「《華麗なる悪女計画（アルベルチーヌ）》、順調に進んでますね」

にっこり目を細めるシエル。

一番近くで私を支えてくれる大切な人。

「ああ、ミーティア様の香りがする。尊い、愛しい、大好き」

時々小声でよくわからないことを言っているけど、多分私の持つ悪のカリスマに心酔しているがゆえのことだろう。

いつものことながら、自分の才能が恐ろしい。

「標的である公爵周辺の情報です。精査しておきましたのでご確認ください」

隣で私を支えてくれるヴィンセント。

大人で、誰よりも仕事ができる人なのに子供心も忘れていなくて。

私の妄想ごっこ遊びにも目線を合わせて付き合ってくれる。

時々すごすぎてびっくりするけれど。

いったい何者なんだろう……？

もしかして本当にどこかの国のエージェントをしていた人だったり——ってさすがにそんなことはないだろうけど。

「いけない、この気持ちに呑まれては……従者が主人にそんな感情を抱くなんて……」

最近は少しだけ悩みもある様子。

身内に甘い悪女である私は、ヴィンセントの袖を引いて「何でも相談してくれたらうれしいわ。私はどんなときもヴィンセントの味方だから」と伝えたのだけど。

ヴィンセントは無言で私に背を向けてから、「負ける……負けてしまう……！」と何やら葛藤している様子だった。

本人は「大丈夫です」と言っていたし、ひとまずは心配しなくてもいいのかな？

自由で充実した日々。

素敵な人たち。

前世の私なんてずっとひとりぼっちだったのにな。

周囲の顔色をうかがって空気を読んで。

自分を押し殺して生きていた孤独で窮屈な前世の生活。

だけど、今はこんなにもたくさんの人に囲まれている。

（お母様、見てる？）

それも全部、あの日私を守ってくれたお母様のおかげだ。

前世の私と同じように、窮屈な貴族社会で苦しみながら、耐え続ける毎日を送っていたお母様。

『何があっても貴方は絶対に大丈夫。何をしてもいい。何を言ってもいいの。誰にどう思われても、気にすることなんてない。私はずっと貴方の味方だから』

あの日もらった言葉を、私は今も大切に心の奥に仕舞っている。

『生まれてきてくれてありがとう。大好きよ』

お母様の分も、この人生を大切に使い切らないといけない。

今を大事にして、心の声を聞いて。

汚れた世界の中でも、楽しく前向きに生きるんだ。

それが娘として私がお母様にできる、一番の恩返しだと思うから。

「この角度がいいかしら？　あるいは、こういう方向性も」

自室の鏡の前で、悪女っぽい動きの練習をする。

いつもより少しだけ伸びた身長。

新しく買った厚底ヒールの効果に目を細める。

（また一歩、完璧な悪女に近づいてしまったわね）

ふふん、と鼻をならしつつ華麗にステップを踏む。

「そうだ、ここで一度反転して――」

思いついたかっこいい動きを試していたそのときだった。

ぐにゃりと曲がる足首。

「うおっ」

バランスを崩した私は顔面から床に転倒。

「へぶっ」

痛む額をおさえて床の上を転がった。

（うう……なんでこんなことに……！）

涙でゆがむ視界。

いつもの私なら、『シエルぅぅ！　ヒールさんがいじめたぁぁ！』と泣き出していたと思う。

だけど、今日は我慢することができた。

一人で立ち上がって、目元を拭う。

なんだか少しだけ、大人になった気がした。

できないことや、うまくいかないこともある。

だけど、くじけてなんていられない。

（今よりもっとかっこいい私になってやるんだから！）

やりたいことをやりたいようにする新しい人生。

自分の大好きを追いかける毎日は、妄想だって追いつかないくらいに幸せな瞬間であふれている。

［特別書き下ろし1］執事の品格

ヴィンセントの朝は早い。

顔を洗い、歯を磨く。トイレを済ませる。水色の寝間着を脱いで美しくたたむ。

純白のシャツに袖を通す。スラックスをはき替え、靴下をはく。ネクタイを締める。髪をセットし、手袋をはめる。

日課である銀器磨きから彼の執事としての職務は始まる。優雅な所作でひとつひとつ磨いて並べていく。磨かれた銀器は、窓から射し込む朝の光を鏡面のように反射する。

何をするにしても完璧にせずにはいられない。

それはヴィンセントの生まれ持った気質であるようだった。

ハンカチをたたむときも指の爪を磨くときも、彼の本能は最上を志向する。

対象が望む最善の状態を実現することに集中する。

一流の仕事というものは職場にたどり着いたその時点で完成している。

それはヴィンセントが師から教わったひとつの重要な原則だった。

万全の準備を整え、最高の状態で仕事に取りかかること。

一見当たり前のこの前提を突き詰めることでしか、たどり着けない領域があることをヴィンセントは知っている。

幾重にも積み重ねた準備が生み出す余裕。

彼の所作から漂う優雅さを生み出している源泉がそこにあった。

(良いですね。美しく気品に満ちた朝の時間)

誰も見ていない状況でも手を抜くことはない。

周囲の評価以上に、良い仕事をしているという充足感が彼にとっては大切なのだ。

美しく完璧に仕事をこなす。

銀器磨きを終え、朝食の準備をするために廊下を歩いていたときのことだった。

「あ、おはようヴィンセント」

扉を開けて出てきたのは小柄な少女だった。

サイズが少し大きなパジャマを着た彼女は、眠たそうにまぶたを擦(こす)りつつトイレの方へ歩いて行く。

なんでもない日常の1ページ。

表情ひとつ変えずに台所に向かうヴィンセント。

その顔に動揺の色はなくて。

しかし、皺一つ無い執事服のその奥では普段より激しく心臓が脈を打っていた。

（いけない。こんなことを考えては）

許されないことだとはわかっている。

考えてはいけないことだと自分に言い聞かせ、振り払おうとしているひとつの思い。

（ダメだ……愛しいと感じてしまう。どうして……）

理性を破壊する愛らしいその姿。

彼女は自分の主人なのに。

執事として、理想を目指す同志として、仕えなければならない相手なのに。

（ミーティア様を娘みたいに愛しいと思ってしまうなんて……！）

自分の心を制御することができない。

暴れ回る自我と初めて経験する感情にヴィンセントは戸惑いの中にいる。


ミーティア様は娘力が高すぎる。

それが三日三晩かけて状況を分析し、ヴィンセントが導き出した結論だった。

些細なことでも「すごい！」と目を輝かせ、「私にもやらせて」と袖を引く。

棒に布を巻いて作る自作の掃除道具《ヴィンセント棒》で狭い隙間の埃を取っていただけなのに、感動した様子で顔をほころばせてくれるのだ。

（しかし、だとしてもプロフェッショナルとして許されない感情）

ヴィンセントは思い悩んだ末に、シエルに自分の気持ちについて相談した。

「ああ、ヴィンセントはようやくその段階なのですか」

「その段階とは？」

「なんというかその、浅いな、と思いまして。いや、ミーティア様との付き合いにおいては私の方が先輩ですし仕方ないことではあるのですが」

「シエルは私より先に進んでいると言うのですか？」

「当然です。私はミーティア様と誰よりも長い時間と思い出を積み重ねてきました。その成長を誰よりも近くで見守り、お風呂から聞こえる音程のずれた鼻歌に幸せをもらいながら生きてきたのです。ミーティア様は私にとって人生そのもの。お腹を痛めて産んだ大切な娘で――」

「主人と侍女の関係ですよね」

「娘です」

シエルは真っ直ぐな目で言った。

有無を言わさない強い響きがそこにはあった。

（完全に記憶がねつ造されてしまっている……！）

絶対にこうはなるまい。

まくし立てるようにミーティア様の尊さを語るシエルを無視しつつ、昼食の準備をする。

三人で暮らす上で、ヴィンセントとシエルの家事分担は流動的なものだった。

お互いの仕事量を確認しつつ、状況に応じて平等な仕事量になるよう配分する。

中でも、ヴィンセントが好んでいる家事が食事を作ることだった。

鍋でパスタを茹でつつ、挽肉を炒めてミートソースの準備をする。

できるなら毎食でも担当したいくらいなのだが、希望が叶わないことも多いのが共同生活だ。

「晩ご飯は私が作りますからね。腕によりをかけた最高のシチューでミーティア様に喜んでもらうんです。ふふふ」

シエルは元々料理が好きなようだったが、それ以上にミーティアに言われた一言が大きかったらしい。

『シエルの作るシチューが一番おいしいわ』

圧倒的娘力に脳を焼かれたシエルは、花形である晩ご飯の担当をかたくなに譲ろうとしない。

そこにはヴィンセントに対するライバルとしての意識もあるようだった。

ミーティア様の一番は自分なのだ、と。

そう言われると、ヴィンセントは少しだけ寂しい気持ちになる。

自分にはミーティア様に何かで「一番」だと言ってもらえたことがあっただろうか。

記憶している中ではない。

言われたことがあればまず間違いなく覚えているはずだから、おそらく事実として一度もないのだろう。

そして同時に、寂しいという感情が自分にあることに驚かされる。

皇国のエージェント《名前のない男》として活動していた頃は、人間らしい感情の一切を制御することができていたはずなのに。

悲しみも苦しみも捨て去って、目の前の仕事に集中できる自分がそこにはいたはずなのに。

今では、どうしてそんなことができていたのかもうまく思いだせなかった。

自分は弱くなってしまったのかもしれない。

心に形にならない何かが積もっていく。

しかし、世界はそんなヴィンセントを待ってはくれない。

やらなければならない仕事の数々。

ミーティア様への警戒を強める悪徳貴族の屋敷に忍び込み、情報を収集しつつ部下である元暴徒のエージェントに指示を出す。

作戦に参加した全員が無事脱出したことを確認してから、屋敷に戻って再び執事としての仕事を再開。

過ぎていく慌ただしい時間。

それでも、ヴィンセントの所作には美しい優雅さがある。

畑にミーティア様を迎えに行く時間が迫っているのに気づいて、夕暮れの道を歩いた。

「あ、ヴィンセント。来てくれたのね」

気が合うらしい老婦人と話していたミーティアは、ヴィンセントを見つけてぱっと顔をほころばせる。

「それじゃ、ナディアおばあちゃんまた明日！」

二人並んで帰り道を歩く。

小さな右手が、ヴィンセントの左手を引く。

強く握れば壊れてしまいそうな小さな手。

湯たんぽのようにあたたかい体温。

鍬を振る中で少しだけかたくなった指の付け根。

手袋越しに感じるその感触をヴィンセントは不思議に思った。

どうして自分はこの子と手を繋いでいるのだろう。

まるで父親と娘みたいなその時間は、彼にはまるで縁が無いものだったはずなのに。

組織のためにプロフェッショナルとして指示を実行するのが彼の仕事で。

安らぎもやさしさもぬくもりも。

そのすべてを捨てて、完璧な仕事をすることだけを考えてずっと生きてきたのに。

「聞いてヴィンセント！　実は最高にかっこいい組織の作戦コードネームを考えたんだけど」

弾んだ声。

夕暮れの風。

握り返してくる小さな指。

彼女の話してくれるアイデアに、プロフェッショナルとしての意見を返していく。

「すごいリアリティ……！　さすがヴィンセント……！」

彼女は瞳を輝かせて言う。

「ヴィンセントがいてよかったわ。こういうこと話せる相手なんて今まで一人もいなかったから。話しているだけで想像力の翼がむくむくと大きくなっていくのを感じるの」

それから、彼女はにっと目を細めて言った。

「私、ヴィンセントと計画の話をするのが一番好き。いつも付き合ってくれてありがとね」

左手を夕日に向けて伸ばし、「ふんふふーん」と心地よさそうに鼻歌を歌うミーティア。

彼女にとっては多分、大したことではなくて。

思っていることをそのまま言葉にしたというそれだけのことで。

だけど、そのささやかな瞬間をヴィンセントは大切に胸に仕舞った。

自分もミーティア様の一番になれている。

彼女に幸せを与えられる存在になれている。

その事実が何よりもうれしく感じられた。

組織に道具として使われ、機械人形なんて言われていた自分にも、人間らしい触れあいを人並みにすることができるのかもしれない。
根拠は無いけれど、そんな風に思うことができた。
「私もミーティア様とお話するのが一番楽しいです」
普段と変わらない口調で言った言葉に、彼女は「えへへ」と微笑む。
完璧にできてはいないかもしれない。
自分らしい仕事はできていないかもしれない。
だけど、ここには人間らしいぬくもりと触れあいがある。
その体温が、今は何よりも愛しい。

［特別書き下ろし2］有限で微少なプリン

人生には限りがある。

さよならだけが人生だって聞いたことがあるけど、私たちはずっとこの世界にいることはできない。

最後には違う世界に旅立つことになる。

この限られた命を、時間をどう使うのか。

聡明な私は今朝、唐突にこの命題についての最終回答とも言える答えを導き出した。

プリンだ。

つるんと美しい黄色い光沢。

頭頂部にはほろ苦いカラメルが湖のように広がり、甘いバニラの香りで怪しく私を誘う。

それはさながら、運命の出会いのような感覚だった。

穏やかなある朝、すべてが私にぴったりな相性１００パーセントの男の子に会ったみたいに、私の心は一瞬で奪われてしまった。

プリンが食べたい。

しかし、問題はリネージュの地にプリンが食べられるようなお店が一軒もないということだった。

大陸屈指の先進国である魔法国エルミアだけど、地域間の格差は大きく、プリンが食べられるようなお店は王都にしかない。

現実的に難しいのはわかっていて。

だけど、私の心はどうしようもなくプリンに惹かれていた。

いけないとわかっているのに止められない。

まるで禁断の恋のように。

頭の中にこびりついて離れてくれない甘美な空想。

口の中をよだれでいっぱいにしつつプリンのことを考えていた私は唐突に思いつく。

食べられるお店が無いなら、自分でプリンを作ればいいじゃない。

（天才だわ……なんという欲深さ、正に悪女的発想……！）

心がふるえた。

神の御業（みわざ）であるプリンを自分で作るなんて。

私は禁断の果実を口にしようとしているのかもしれない。

しかし、だからといって自制するつもりはなかった。

最強の悪女を目指している私だから。

神様だって私の前では対等以下。

正々堂々正面から傲岸不遜に迎えてあげる。

「プリンを作るわ」

私の言葉に、シエルとヴィンセントは瞳を見開いた。

しかし、さすがはプロフェッショナルである二人。

平静を取り戻し、現実的な意見を伝えてくれる。

できあがった尊大で崇高なプランを確認して、満足げに口角を上げてから私は言った。

「今宵、私は世界を手にする。さあ、計画を始めましょう」

主人であるミーティアがプリンを作ろうとしている。

その事実がシエルにもたらした衝撃は大きかった。

さながら、女王が禁断の計画を話すかのように告げられたミッション。

プリンの材料の調達。

(かわわわわわわっ!)

ミーティア様がかわいい。

それはシエルにとって自明の事実であり、ひとつの証明された定理でもある。

しかし、わかっているにもかかわらず、想像の上を行くのが幼い主人のすごいところだった。

なんという圧倒的な愛らしさ。

こんなかわいい生き物を目にしたら、二十歳以上の女はみんな自分が産んだ娘だと本能が錯覚してしまう。

（私は理性的で節度のある人間なので、なんとか耐えることができましたが）

やれやれ、と安堵の息を吐く。

（そもそも、ミーティア様がお腹を痛めて産んだ娘だというのは、錯覚ではなく明らかな事実ですし）

早速シエルはヴィンセントと共にプリンの材料調達に出発した。

「折角ですし、実現できる範囲で最高の材料を用意してあげたいですね」

「そうですね。まずは王室御用達の最高級洋菓子店に忍び込んで使っている材料を確認するところから始めましょうか」

情報収集には部下である元暴徒のエージェントたちも協力してくれた。

数日後、買い付けてきた材料を見てミーティアは目を輝かせた。

「さすがだわ。これだけの材料があれば間違いなく最高のプリンを作ることができる」

「ちなみに、レシピはご存じなのですか？」

「『すべてはこの《紅の書》に記されている』

ミーティアは真紅の装飾が施された手帳を開く。

「実家にいたとき、料理長に聞いたことがあったの。この通りに作れば究極のプリンを作ることができるわ」

そこに綴られたレシピにシエルは息を呑んだ。

（なんて汚く愛らしい字！　子どもが背伸びしてお母さんのレシピを書き記したかのよう……！）

よろめくように後ずさるシエル。

（しかもこのシンプルすぎるレシピ……間違いなくミーティア様は料理長にお子様扱いされている……！）

子どもでも作れるように、という配慮を感じるやさしさレシピだった。

「では、完全にして至高のプリン作りを始めましょうか」

（なんでこの人はこんなにかわいいのだろう）

シエルは慈愛に満ちた目でミーティアを見つめて息を漏らした。

◇　◇　◇

私は台所に立って《紅の書》を開き、必要な準備を整えてからプリン作りを開始した。

鍋に砂糖と少量の水を入れる。

《中火で加熱する魔法》を使って煮詰め、良い感じの赤色になったら《熱めのお湯を出す魔法》でお湯を入れてカラメルソースを作った。

別の鍋に牛乳と砂糖を入れ、沸騰させないように気をつけつつ砂糖を溶かす。火からおろして常温で冷ましてから、割りほぐした卵を入れてしっかりと混ぜる。

「ミーティア様がお料理を……！」

手を祈るように合わせて、ふるえる声で言うシエル。

その隣でヴィンセントがやさしく目を細める。

「お上手ですよ、ミーティア様」

やわらかい声。優雅であたたかい微笑み。

（私、料理の才能あるのかしら）

なんだか自信が湧いてきて、張り切って丁寧に卵液を混ぜる。

できあがった卵液を、カラメルソースを入れた小さな器に入れて鍋に並べる。器の半分が浸るまでお湯を入れて、《弱火で加熱する魔法》で加熱。沸騰したら、水滴が落ちないように布を巻き付けた鍋蓋をしてじっくりと蒸す。

火が通ったら粗熱を取って、《食材を冷蔵する魔法》で冷やす。

わくわくしながら待つこと一時間。

できあがったプリンの艶やかな黄色い光沢に私は息を漏らした。

（ほんとにできてる……！）

なんだか実感が湧かなかった。

神が作った奇跡のように思えるくらい、作るのが難しそうなプリンを私が作れるなんて。

スプーンですくって慎重に口に運んだ。

息を呑んで見つめるシエルとヴィンセント。

緊張の一瞬。

広がった甘い幸せに、私は溶け落ちそうになる頬を支えた。

（幸せ味だ……！）

目を閉じて、濃厚で愛しい甘みを堪能する。

シエルとヴィンセントが、最高級の卵と砂糖と牛乳を買ってきてくれたのも大きかったのだろう。

自分が作ったというひいき目もあると思うけど、実家にいたときに食べた料理長のプリンにだって負けていないと思えるくらいだった。もちろん完成度ではとても敵（かな）わないのだけど、手作りらしい雑味にはどこかなつかしい甘さと風合いがあった。

「シエルとヴィンセントも食べて！　おいしいわよ！」

二人にプリンを勧める。

ヴィンセントは少し戸惑いつつ、プリンを手に取った。

美しく優雅な所作に、微少な迷いが感じられる。

静かにプリンを口に運ぶ。

目を閉じて、少しの間黙り込んでから言った。

「おいしいです」

「よしっ！」

思わず拳を握っていた。

一生懸命作ったからだろうか。

私は自分が思っている以上に手作りプリンに入れ込んでいるらしい。

「すっごくおいしいです、ミーティア様……！」

シエルがふるえる声で言った。

「何より、ミーティア様が作ってくれたプリンというのが……ダメだ愛が、母性があふれちゃう……！」

最後の方はよく聞こえなかったけど、どうやら期待以上においしいプリンだった様子。

そこまで興奮するほどかな、と思っていたら隣でヴィンセントが目に涙を浮かべていて私はふるえてしまった。

（レシピ通り作っただけなのにそこまで反応してくれるなんて……）

息を呑む。

（この二人、やさしすぎる……！）

一生懸命作った私を喜ばせようと、大切に味わってくれたのだろう。

なんだか私は、言葉にできないくらい幸せな気持ちになって。

見守ってくれる二人と過ごせるこの日々ができるだけ長く続いてくれたらいいな、と思った。

あとがき

皆様はこんな人になりたいと憧れたことはあるでしょうか。

葉月にはあります。

一度目は中学時代。

あるネット小説を読んだときのことでした。

夜遅くまで夢中で読んでバカみたいに泣いて。

翌日の部活の練習で、なんだか世界が色づいて見えたときに思ったのです。

誰かをこんな風に感動させられる小説ってすごい。

葉月もこんな作品が書けたらどんなに素敵だろう、と。

それは葉月にとって衝撃的な出来事でした。

短くない年月が経ちましたが、その作品は今でも葉月にとって一番好きな作品の位置に立ち続けています。

本になることはなく、掲載されていた個人サイトも消えてしまいました。

それでも葉月にとっては一番の作品なのです。

月日は流れ、二度目は高校時代でした。

「小説家になりたい！」と言っていた葉月に、高校の先生がある作家さんを紹介してくれたのです。調べてみたところ、日本でトップクラスに活躍されている方の様子。「この人に勝てば、日本一か。なるほど。見せてもらおうじゃないか」と謎の上から目線で読み始めました。

中学時代に『罪と罰』を読んで、「そんなに面白くない。書こうと思えば書けるのでは」と思った傲岸不遜すぎる葉月です（大学生になってすごさがわかりました）。

今回も大したことないな、と思って終わるかと思いきや、これがなかなかに心に響きました。

「さすが日本のトップ。やるじゃん」と読み続けました。三年くらい読み続けました。気づいたときには、憧れの人になっていました。

葉月はぼんやりとその人みたいに生きたいなと思うようになりました。周囲の目を気にせず自分の道を進む姿が輝いて見えました。

結果、葉月は両親が奨める公務員試験をスルーし、新卒で就職した仕事を二百万貯金して辞め、小説家を目指して家賃二万五千円のアパートで半額弁当を無限に食べる生活を始めるのです。

葉月は今でもその二人に憧れ続けています。

小説家になりたいという夢をくれたあの人のように、誰かの人生を変えられるくらい素敵な作品が書きたいなって。

着実に進化を続けて第一線で戦い続けるあの人みたいに、もっと質が高くたくさんの人に届く作品を書ける作家になりたいなって。

そんな憧れについて書いた作品が『華麗なる悪女になりたいわ！』なのでした。

なりたい自分になるのは簡単なことでは無いので、がんばったりお休みしたりしながら、ありのままの自分も愛してあげつつ憧れていきたいなと思います。

皆様がなりたい自分とありのままの自分の両方を心から愛せますように。

時には周囲の目を気にせず心の声を聞いて日々を過ごしていけますようにと願いを込めて。

周囲の目を気にせず生きたいと思いながら、なんだかんだ気にしてしまう自分が嫌だけど、そんな自分も愛してあげたい八月　葉月秋水

SQEXノベル

華麗なる悪女になりたいわ!
～愛され転生少女は、楽しい二度目の人生を送ります～

著者
葉月秋水
イラストレーター
転

2023年8月7日　初版発行

発行人
松浦克義
発行所
株式会社スクウェア・エニックス
〒160−8430
東京都新宿区新宿6−27−30　新宿イーストサイドスクエア
（お問い合わせ）スクウェア・エニックス　サポートセンター
https://sqex.to/PUB
印刷所
図書印刷株式会社
担当編集
稲垣高広、増田 翼
装幀
SAVA DESIGN

ISBN978-4-7575-8722-9 C0093　Printed in Japan